.

启真馆 出品

郑培凯

著

妙笔缘来

ZHEJIANG UNIVERSITY PRESS

浙江大学出版社

· 杭州 ·

图书在版编目（CIP）数据

妙笔缘来 / 郑培凯著 . — 杭州：浙江大学出版社，
2023.8

ISBN 978-7-308-23815-1

Ⅰ . ①妙… Ⅱ . ①郑… Ⅲ . ①散文集－中国－当代
Ⅳ . ① I267

中国国家版本馆 CIP 数据核字（2023）第 091095 号

本书由中华书局（香港）有限公司在香港首次出版，所有权利保留

妙笔缘来

郑培凯 著

责任编辑	周红聪
文字编辑	程江红
责任校对	张培洁
装帧设计	周伟伟
出版发行	浙江大学出版社
	（杭州天目山路 148 号 邮政编码 310007）
	（网址：http:// www.zjupress.com）
制　　作	北京楠竹文化发展有限公司
印　　刷	北京中科印刷有限公司
开　　本	787mm×1092mm　1/32
印　　张	10
字　　数	150 千
版 印 次	2023 年 8 月第 1 版　2023 年 8 月第 1 次印刷
书　　号	ISBN 978–7–308–23815–1
定　　价	68.00 元

浙江大学出版社市场运营中心联系方式：(0571) 88925591；http://zjdxcbs.tmall.com

自序

怎么开始写作的？帮我编选散文集的舒非问。

怎么开始的？我问自己。这是个平常不太想的问题，因为写作已经成了我的生活，写诗，写散文，写信，写札记，写授课讲义，写研究论文，写学术论著，还喜欢提起毛笔抄书写字，摹想古人写作沉思的状态。已经是生活了，日出而作，日入而息，帝力于我何有哉，还会思考生活是怎么开始的吗？怎么开始吃奶，怎么断奶，开始吃饭吃面吃馒头？怎么满地爬，怎么晃晃荡荡学着走路？怎么一笔一画，人口刀尺，开始学着写字的？怎么又从学会了写字，写起文章来了？

一定是有个开始，可是我记不清了。记忆中的开始是一片迷茫，灰蒙蒙的，似有似无，"花非花，雾非雾……来如春梦几多时，去似朝云无觅处"，想多了，只是一片怅惘。记忆充满了吊诡，应该是真的，或许就是假的。以为是胡思乱想、梦里遇见的，或许却是真的。千万别信赖记忆，别像张开大口的鲸鱼，翻腾过波涛大海，以为自己赶上了洋流带来的鱼群，盲目吞噬脑海底层搅起的泥沙与渣滓。记忆比丘比特还要调皮，会向四面八方乱射穿越时空的箭矢，好像在追逐四处游荡的无主飞靶。经常总能误中一些靶子，仔细瞧瞧，好像又与自己无关，不是李商隐低回追怀的锦瑟，就是乔伊斯沉醉的都柏林街头，要不然就是普鲁斯特辗转在卧榻上的梦呓。

怎么开始写作的？大概是初中时期，开始大量阅读文学作品，读唐诗宋词，读《聊斋志异》，读司徒文膏刻本《板桥集》，读惠特曼，读荷马，读翻译小说，特别是读了罗曼·罗兰的《约翰·克利斯朵夫》，文字经过了巧妙的排列组合，可以衍发成文章，可以叙说所思所想，可以铺演撼人心弦的故事，可以让我稚幼的心灵飞上云霄，让我青春的魂魄动荡不已，不只是"吹皱一池春水"，而是像夏日的海豚纵身于海洋的波涛，感受那种掀天巨浪的精神召唤。于是一发不可收，参加了学校的文艺写作团队，开始编辑起中学生文学刊物，当然也就投身了写作队伍。

一开始是写散文，千把字的杂感。中学生能有什么深刻的人生感悟？不过写写日常生活的际遇，青春期的心理压抑与挫折，似乎生命十分惨淡，又说不清到底惨淡些什么。同学当中流行"惨绿少年"之风，经常说起歌德的《少年维特的烦恼》，于无声处听到大洋彼岸的叹息，于是对绿色产生了特殊的关注，从春天叶脉的嫩绿写到仲夏树丛的墨绿，却都笼罩在愁云惨雾之中，好像从来看不见姹紫嫣红，没有一丝欢乐，看不见明朗的蓝天。

到了高中，也不记得是什么样的因缘，读起现代诗，读波德莱尔，读阿波利奈尔，读艾略特，也就写起诗了，非常具有现代性的抑郁，刻画非常深沉却不知因何而来的痛苦。看到满地木棉花落，就哀伤人类历史的疮痍；听贝多芬的《第九交响曲》，就感叹自己生不逢辰，困居在白色恐怖下的台湾。回想起来，不禁为自己以管窥天的少年情怀感到有点羞愧，固然是因为时代的封闭，不可能超越自我的历史局限，但是，那种沉迷于法国存在主义的自以为是，那种蔑视传统，把古典文学踩在脚下的激情，跟着几位师友大喊文学要"横的移植"，坚决反对"纵的继承"，总让我想到左翼文青的嚣张嘴脸。然而，反过来说，从高中到大学，当我全心全意研读欧美文学，孜孜不倦钻研莎士比亚，又从华兹华斯、拜伦、雪莱、济慈，一直读到狄金森、叶芝、马拉美、瓦雷里，更加上景仰萨特与加缪，希望在人生的荒谬之中找到生存的意义，热切模仿他们创作思维的脉络时，这些倒变成了自己醉心文学创作最直接的因缘。

文学是文字的艺术，要求用最精练的语言，最恰如其分的文字秩序，来表达作者对人生的感悟，展现他独特的风格。创作历程与作者的人生经历是分不开的，而人生的因缘却又不以个人的意愿为转移，一定有其特殊的时代际遇。我活着，就会继续写作，是否妙笔生花，自己不好评议，谈谈开始写作的因缘或许可以透露自己写作风格的潜流。

郑培凯

目　录

第一辑

缘来是茶

说起中国古代的茶书，首屈一指的当然是陆羽的《茶经》，它是第一本系统探讨茶饮行为的著作，是一切茶书的元祖。说得夸张一点，《茶经》以前的饮茶行为都是"史前文化"；有了《茶经》之后，茶饮才成为有意识的文化行为，才真的有了"茶文化"。

然而，从品茶作为一种生活艺术的角度来看，《茶经》对茶饮过程中的审美观察与美学评鉴，则稍显凌乱。除了在"五之煮"一章谈了些具体的煮茶之法，陆羽并未提出一个清楚明晰的茶饮美学理论。当然，《茶经》是第一本系统性的茶书，不能强求它有周详的茶饮审美架构。

品茗色、香、味

　　说到茶饮美学，我认为北宋蔡襄的《茶录》是第一本系统性的著作。此书简明扼要，提纲挈领地指出：品茶三要项是色、香、味。

　　说饮茶艺术要先顾及"色香味"，好像是普通常识，尽人皆知。但是，蔡襄之前，却没有人把它当作理论标出。这情况像陆羽之前也有人会喝茶，也懂得种茶、藏茶、煮茶的道理，可是从未有人像陆羽那样有系统、有条理地写出一本《茶经》。因此，说起品茶艺术、茶饮的审美理论，第一本首推蔡襄的《茶录》了。

　　蔡襄标举的"色香味"，不是随口说的，不像我们今天下馆子，吃得舒心，就随便说一句"色香味俱全"。他说的"色香味"，全从饮茶本身涉及的感官美感说起，先是视觉，再来是嗅觉，最后是味觉。

　　他谈色，说"茶色贵白"，也就是用最嫩的茶芽制作的茶，煎泡出来是倾向白色的。善于鉴别茶饼的人，会看气色，不在乎茶饼外面油膏的颜色，而是能够"隐然察之于内"。至于研成茶末之后，则青白色胜于黄白色。

谈香，他说"茶有真香"，不必掺杂香料。这是对茶香最精辟的认识，也是茶饮美学的关键，是分别高雅与庸俗喝法的最基本标准。陆羽在《茶经》中就说过："或用葱、姜、枣、橘皮、茱萸、薄荷之等，煮之百沸，……斯沟渠间弃水耳。"这批评了乱放香料，使茶简直像沟渠里的废水一样，粗鄙肮脏，难以入口。但蔡襄说得更直接，"茶有真香"，因此任何添加物都会"夺其真"。

谈味，他说"茶味主于甘滑"，也就是说入口不涩，同时还有甘香喉韵，可以回味。这样的好茶，产于福建建安（今建瓯）北苑，是陆羽身后大约一个世纪才培育出来的。

也可以说，蔡襄品茶美学的建立，是唐宋间茶叶育种与制作进步的反映。

日本茶道源出宋代

宋代饮茶之法与元明之后流行的散叶冲泡法不同，是碾茶成末，研膏煎制，然后用茶匙或茶筅击打，形成雪花一般的沫饽。这种茶饮的程序被日本人学去，虽经和式改良，但基本味道，一直保持在今天的日本茶道之中。

蔡襄《茶录》中说："茶少汤多，则云脚散；汤少茶多，则粥面聚。"说的点茶之法，就是这种碾成茶末冲泡的现象。他下了一个注，"建人谓之云脚、粥面"，说的是建安一带的人，形容点茶之后，沫饽聚散的情况。用云脚形容其浮荡飘忽，指的是沫饽稀淡；用粥面形容其厚实板滞，指的是沫饽坚硬。茶末与汤水要刚刚好才会"面色鲜白，着盏无水痕"。这种点茶之道，发展到宋徽宗已臻登峰造极，在这位艺术家皇帝的笔下出了如"工笔画"的《大观茶论》。

蔡襄曾写有《北苑十咏》，其《试茶》一首说："兔毫紫瓯新，蟹眼青泉煮。雪冻作成花，云闲未垂缕。愿尔池中波，去作人间雨。"清楚反映宋代人品茶的雅趣，以及对茶具的讲究。

上等茶点好之后，表面浮一层雪花似的白色泡沫，所以，茶碗最好是黑色或紫黑色的建盏。当时的建窑出品，胎厚釉亮，由盏底向碗沿呈烟火爆炸式绽放。以兔毫建盏点茶，正好凸显白似雪花的沫饽，给人视觉上的美感。

蟹眼青泉酿茶香

"蟹眼青泉"讲的是用上等甘泉作点茶汤水,要煮得恰到好处,一见水面起"蟹眼"般大的水泡,火候就到,不可再煮了。如此点泡,才能凝结如雪花,有浮云之意却不飘散垂缕,才是"色香味"俱全的好茶。

蔡襄的《茶记》叙述了建安有个种茶的王大诏,种有"王家白茶":"白茶唯一株,岁可作五七饼,如五铢钱大。……一饼直钱一千,非其亲故不可得也。"这唯一的一棵白茶,后来被人用计破坏,终至枯萎。到了1064年,枯树突然冒出一枝茶丛,王大诏便"造成一饼,小于五铢",其实是很小的一饼团茶。然后,"大诏越四千里特携以来京师见予,喜发颜面。予之好茶固深矣,而大诏不远数千里之役,其勤如此,意谓非予莫之省也,可怜哉!"

世上唯一的一棵白茶树,劫后重生制出的唯一茶饼,跋涉4000里来到蔡襄的面前。种茶的王大诏与品茶的蔡襄,真可谓高山流水遇知音了。

松萝茶的今生前世

一

　　最近这段时间，也不知道是因为天气忽冷忽热，还是什么其他的缘故，感到肠胃干结，浑身不适，口干舌燥，而且隐隐约约觉得牙龈有点疼，上颚似乎还有点肿。心想不妙，这一定是传统中医说的阴阳失调、肝火亢旺。怎么办呢？看医生很麻烦，而且还没生病，只是不舒服，医生一定是建议你多休息、多吃蔬菜水果、多喝水之类。突然想起初夏的时候，苏州的朋友送了我两罐松萝茶，说是徽州产的，特别有降火的功能，而且能够消积化滞，甚至还有防治高血压的功效。当时也就是听听，现在身体不舒服了，想不出其他好方法，于是从橱里取出茶罐，姑且试试。

现代的茶叶包装十分考究，罐上贴了防伪的封条，里面是合金特制的锡纸袋，真空包装。打开来有一股田野的清香，有点兰桂的氤氲香气，但更接近夏天田野刚刚割过的青草气味。我找了一只水晶玻璃杯，轻轻倒出茶叶，是一粒粒卷曲的小茶珠，墨绿色的，体积比保济丸稍大。奇怪了，我印象中的松萝茶是索条形的绿茶，产在徽州休宁县，介于黄山毛峰与庐山云雾茶之间，怎么变成一粒粒的保济茶丸了呢？用降至90摄氏度的开水一冲，小小的茶丸缓缓舒展开来，墨绿色的叶片像萌芽得到雨露的滋润，在杯中散发春天浓郁的香味。原来这一罐松萝茶的制法，仿效了台湾冻顶乌龙，在揉捻的技巧上花了不少工夫，把茶叶内蕴的滋味都揉成一团珠丸，等着冲泡那一刹那的璀璨。

我慢慢啜饮这一杯松萝，香气很重，微微带点苦涩，却是十分爽口的苦涩，好像喝到贮放了10多年的Mouton Rothschild。刚开瓶时，还有丝丝涩口的感觉，在醇厚的酒香之中作怪。刺激味蕾的单宁酸，见到大千世界，接触了美丽的阳光空气，就像洪太尉放走的妖魔一样，霎时就消失得无影无踪，只剩下阳光雨露抚育出的底蕴，绽放着馥郁的芳香。松萝茶入口偏涩，懂茶的人都说有"三重"：色重、香重、味重，其实与茶底的单宁酸含量较多有关，焙制得法就产生浓洌的口感。松萝茶与龙井、碧螺春一样，都是绿茶，都没有经过发酵的程序。但是龙井的香气清扬开敞，像李白的诗；碧螺春的香气细腻芬芳，像李清照的词；松萝则浓郁内敛，像李商隐的诗句，有点浓得化不开。喝到口里，松萝有一种沉稳广袤的乡野气息，更接近蒸青的太平猴魁，让你联想到暮春时节荼蘼花开，而与龙井因炒青而迸发的扑鼻香气，会令人想到清明时节杏花绽放，意趣十分不同。或许是因为松萝茶炒青的方式不同，强调文火揉捻，把浓郁的茶香滋味都卷入了团丸之中，产生了接近橄榄香味的高爽口感。也有人说，制作最好的松萝，重点是烘焙的火候，炒青与揉捻则全凭巧劲，只可意会不可言传。总之，松萝茶的滋味不同于现在流行的龙井与碧螺春，味道要香醇厚重得多，适合喝酽茶的人。

二

　　其实，我没有实际制茶的经验，对松萝茶制作过程的细
节所知有限，倒是因为研究茶饮的历史文化，查过许多文献
资料，很知道松萝茶兴衰的历史演变。松萝茶是明代隆庆年
间发展出来的名茶，从晚明到清中叶大受文人雅士的追捧，
可与杭州龙井茶与苏州虎丘茶媲美。我收录于《中国茶书》
的《茶录》一文特别提到松萝茶，其中讲到："苏州茶饮遍
天下，专以采造胜耳。徽郡向无茶，近出松萝茶，最为时
尚。是茶始比丘大方。大方居虎丘最久，得采造法，其后于
徽之松萝结庵，采诸山茶于庵焙制，远迩争市，价倏翔涌，
人因称松萝茶，实非松萝所出也。"该文指出，"是茶比天池
茶稍粗，而气甚香，味更清。然于虎丘能称仲，不能伯也。"
此外，"松郡佘山亦有茶，与天池无异，顾采造不如。近有
比丘来，以虎丘法制之，味与松萝等。老衲亟逐之，曰：
'无为此山开蹊径而置火坑。'盖佛以名为五欲之一，名媒
利，利媒祸，物且难容，况人乎？"

　　冯时可在这段文字里，说到万历年间的饮茶风尚，和当

时其他的上层社会风尚一样，都唯苏州马首是瞻，而松萝茶的异军突起，显示出各地模仿苏州风尚与技艺，又另出机杼的现象。冯时可所说的现象，可以归纳成以下几点。

第一，在晚明的江南，苏州的虎丘茶与天池茶引领风气，以感官享受为乐趣，显示了士大夫追求高雅品位的境界，倾向于清雅平淡之中的细致芬芳。虎丘茶与天池茶，以精妙稀少著称，文人雅士奉为精品，视若拱璧。松萝茶的出现，风行一时，就是徽州茶产在文化品位上模仿苏州的现象。

第二，创制松萝茶的大方和尚，原来是苏州虎丘寺的和尚，在那里学会了制茶的技艺。后来到徽州休宁的松萝山结庵，自立门户，同时用苏州制作虎丘茶的方式，焙制了松萝茶，风味接近苏州的虎丘茶与天池茶，大受欢迎。但是，松萝茶的品位境界，还是比不上苏州的原产。

第三，松萝茶一旦有了口碑，四处风行，价格开始飞涨，徽州各地山区的茶农也都采用松萝的采制方法，大量制作松萝茶，供应广大市场的需求。其实，当时市场出现的松萝茶，都不是在松萝山出产的。

第四，松江府的佘山也产茶，茶的质地与苏州天池茶相类似，却不懂得制作的工艺。近来有和尚带来了新的制作工艺，做出的茶可以达到松萝茶的水平，引起了老和尚的不满，赶走了制茶的和尚。理由是，佛门本清静之地，制茶而引进滚滚财源，带来世俗利欲腥膻，会玷污佛门，变成名缰利锁的火坑。

冯时可的评论，反映了晚明商品经济发展，直接影响到文化风尚的流行，风雅可以变成商品，连佛门都化作制造风雅的场地，令人浩叹。冯时可所说的松萝茶风行，影响到松江，连佘山茶也仿效松萝茶制法，清初徐树丕在《识小录》中，对此也说得十分详细。

由此可知，晚明江南的富裕，提供了附庸风雅的环境与条件，使得茶饮风尚引发了名牌效应。先是苏州虎丘茶风行，然后有大方和尚以虎丘制茶法在徽州松萝山制茶，造就了明末声名鹊起的松萝茶。一旦成了名牌，人们追求风尚，趋之若鹜，商家就有商机可图，争相仿制，价格也直线上涨。清初叶梦珠的《阅世编》（中华书局，2007 年版）就列出徽州茶托名松萝，在明末清初的江阴地区，价格昂贵飞腾，到了康熙年间，风尚一过，贬值达七八成之多："徽茶之托名松萝者，于诸茶中犹称佳品。顺治初，每斤价一两，后减至八钱、五六钱。今上好者，不过二三钱。"松萝茶在明末作为高档时尚商品，一时风起云涌。在利益驱动下，徽州附近出产的茶叶都挂上松萝茶的名目，结果当然是真假难分，赝品充作真品，以假乱真。明末在出版界活跃的徽州人吴从先，以追求高雅品位为职志，相当了解自己家乡的茶产细节，对松萝茶真赝混淆的情况，感到痛心疾首。他说："松萝，予土产也。色如梨花，香如豆蕊，饮如嚼雪。种愈佳则色愈白，即经宿无茶痕，固足美也。""秋露白片子，更轻清若空，但香大惹人，难久贮，非富家不能藏耳。真者其妙若此。"他讲道："略溷他地一片，色遂作恶，不可观矣。然松萝地如掌，所产几许？而求者四方云至，安得不以他溷耶？"

明末松萝茶的兴起，反映了江南以细致高雅为尚的审美品位，已经成为品茶的标准，而江南社会的富裕提供了附庸风雅的条件，使得本来是少数精英雅士的禁脔成了大众向往的高级奢侈品。影响所及，全国各地一窝蜂，开始制作江南特色的细茶。近如佘山，远至武夷山地区，都出现以松萝法制茶的现象，更加推波助澜，散布商品的名牌效应，直到清代中期才逐渐消歇。

以假乱真的现象，是商品获利的惯例，倒非松萝茶所独有，龙井茶的情况更为严重。万历期间性喜游山玩水的杭州明贤冯梦祯（1546—1605 年），就在日记中抱怨，龙井的茶农狡猾得很，在龙井当地卖的龙井茶，都真赝难辨。他说，昨同徐茂吴至老龙井买茶，山民十数家各出茶，茂吴以次点试，皆以为赝。徐茂吴说，真者甘香而不洌，稍洌便为诸山赝品。得一二两以为真物，试之，果甘香若兰，结果山人及寺僧反以茂吴为非。冯梦祯就说自己亦不能置辨，伪物乱真如此。我收录于《中国茶书》的《茶说》一文讲到，江南各地的名茶产量都十分珍稀，因此充斥着赝品。我收录的文中说："杭浙等产，皆冒虎丘、天池之名。宣池等产，尽假松萝之号。此乱真之品，不足珍赏者也。其真虎丘，色犹玉露，而泛时香味，若将放之橙花，此茶之所以为美。"文中还提到："真松萝出自僧大方所制，烹之色若绿筼，香若兰蕙，味若甘露，虽经日而色、香、味竟如初烹而终不易。若泛时少顷而昏黑者，即为宣池伪品矣。试者不可不辨。"这不禁让人联想到今天中国社会的富裕，也有类似的风尚追求。人们蜂拥到杭州西湖周边的龙井专卖店，去买贵州出产的赝品龙井；大陆游客群集台湾的鹿谷，抢购堆积如山的赝品冻顶乌龙，其实产地却是福建安溪附近的山区。时隔400多年，社会经济发展与文化风尚追求的脉络，居然十分相似，只好让人带着反讽的感伤，吟诵杜甫的诗句，"怅望千秋一洒泪，萧条异代不同时"。

三

关于大方和尚创制松萝茶及其风行的历史，地方志中有相当详细的记载。明弘治十五年（1502年）《徽州府志》，说到地方土产有茶，著名的高档品种从来就有胜金、嫩桑、仙枝、来泉、先春、运合、华英等等。述及明代中叶，书中讲到，近岁茶名，细者有雀舌、莲心、金芽，次者为下白、为走林、为罗公。另外，再其次者为开园、为软枝、为大号，名虽殊而实则一。书中明确显示，明代中叶之前，徽州的茶产，并没有松萝茶这个名目。到了清康熙三十八年

（1699 年）的《徽州府志》，在"物产"一项，一开头是这么说的，书中说茶产于松萝，而松萝茶乃绝少。接着就全部引述弘治《徽州府志》的茶产资料段落，结尾的一句却改为"实皆松萝种也"。配合南宋淳熙二年（1175 年）《新安志》记载茶产，本来就有胜金、嫩桑、仙枝、来泉、先春、运合、华英等等高档茶叶，其中透露的消息是，松萝茶作为新的品种出现，要迟到明代中叶以后，而且产量极少。到了后来，凡是徽州产的茶叶，因为茶种相同，全都归入松萝茶一类，造成真赝难分的现象。

徽州地方的县志，记载得更为详细。清顺治四年（1647 年）的《歙志》一书中，在物产类提到，茶产自多山、黄山、榔源诸处，往时制未得法。僧大方为薙染松萝者，艺茶为圃，其法极精，然蕞尔地耳。书中还提到，别刹诸髡制归，其以取售，总号曰松萝茶。间有艺园中者，制出尤佳，故其法已流布，住在能之。根据乾隆三十六年（1771 年）的《歙县志》记载，茶概曰松萝。松萝出自休宁山，明隆庆年间休僧大方住此，制作精妙，郡邑师之，因有此号。而歙产本轶松萝上者，亦袭其名。书中讲到，世人不知佳妙自擅地灵，若所谓紫霞、太函、幂山、金竺，岁产原不多得，其余若蒋村、径岭、北湾、茆舍、大庙、潘村、大塘诸种，皆谓之北源。那么北源自北源，又何必定署松萝也？然而称名者久矣。可见大方和尚在隆庆年间创制松萝茶之事，在休宁的邻县歙县，撰写志书的人知道得相当清楚，而对徽州其他地区所产的茶叶都总名松萝，颇不以为然。

出产正宗松萝茶的地区，在徽州府休宁县的松萝山。休宁有弘治四年（1491年）程敏政主编的《休宁志》，其中完全没有提到松萝茶。万历三十五年（1607年）的《休宁县志》（安徽教育出版社，1990年版）则说，松萝得名是因为山上多松林，本来不产茶。后来松萝茶出现，茶种还是原来的地方茶种，只是使用了新的制作法，结果受到追捧，名噪一时。书中讲到："邑之镇山曰松萝，以多松名，茶未有也。远麓为琅源，近种茶株，山僧偶得制法，遂托松萝，名噪一时。茶因踊贵，僧贾利还俗，人去名存。士客索茗松萝，司牧无以应，徒使市恣赝售。"因此书中说这不就是东坡所谓汧阳豕吗？这里用苏东坡汧阳豕的故事来比喻松萝茶，充满了讽刺的口气，是说世人没有能力辨别好坏真假，人云亦云，以讹传讹，居然把松萝茶的名声炒起来了。东坡汧阳豕的典故，来自《东坡志林》，是苏东坡自己叙述的："予昔在岐下，闻汧阳猪肉至美，遣人置之。使者醉，猪夜逸，置他猪以偿，吾不知也。而与客皆大诧，以为非他产所及。已而事败，客皆大惭。"

四

明万历期间，江南经济起飞，社会繁华，士大夫生活优裕，吃要吃山珍海味，穿要穿绫罗绸缎，住要有亭台楼阁、花园假山，口腹享受之不足，还要精益求精，讲求品位，出现了一大批讲究美食茶饮、园艺居室的书。大量的茶书面世，胪列了高档名茶，成为追求风尚的指标，而松萝茶的名目也就逐渐出现在万历晚期的茶书之中。高濂的《遵生八笺》提到了虎丘茶、天池茶、罗岕茶、龙井茶，没提松萝茶。陈师的《茶考》认为天池茶与龙井茶最好，雁荡山茶、大磐茶、罗岕茶次之，没提到松萝茶。杭州人胡文焕编写《茶集》，收集历代有关茶的文献资料，在万历癸巳（二十一年，1593 年）的序中说到自己喜欢喝茶，收罗了当时各地名茶，有虎丘、龙井、天池、罗岕、六安、武夷等名目，也没有松萝茶之名。我收于《中国茶书》中的《茶经》一文有万历丙申（二十四年，1596 年）的序，文中有"茶产"一节，罗列历代名茶的产地之后，品评当时的名茶。我收录的文中是这么说的："虎丘最上，阳羡真岕、蒙顶石花次之，又其次，则姑胥天池、顾渚紫笋、碧涧明月之类是也。余惜不可考耳。"显然也是没听说过松萝茶。

袁宏道（1568—1610 年）于万历二十三年（1595 年）开始担任苏州吴县县令，两年后不堪案牍劳形而辞官，在 1597 年游历江南各地，早春先到无锡，以惠山泉煮茶，品评当时江南名茶，说有一日，携天池斗品，偕数友汲泉试茶。一友突然问曰，公今解官，亦有何愿？他说，愿得惠山为汤沐，益以顾渚、天池、虎丘、罗岕，陆（羽）、蔡（襄）诸公供事其中，他们这一辈披缁衣老焉，胜于酒泉醉乡诸公子远矣。不知袁宏道此时是否试过松萝茶，总之没有提及，但是在同年仲春，他经嘉兴到杭州，在龙井与陶望龄等友人汲泉烹茶，分析各地名茶特性，品评名茶等级，就说到松萝茶，并且以之名列天池茶之上，认为它轻清略胜天池，而风韵少逊。我收录于《中国茶书》的《茶疏》一文，有万历丁未（三十五年，1607年）刻本，我收录的文中，在"产茶"项下，特别标出了长兴的罗岕茶，指出："若歙之松萝、吴之虎丘、钱塘之龙井，香气浓郁，并可雁行，与岕颉颃。"许次纾是万历年间最精于茶道的名家，他的说法还出现在高元濬的《茶乘》之中，可见，到了万历末叶，松萝茶已经得到苏杭一带文人雅士的青睐，视为高档茶的上品了。明末以高雅品位著称的文震亨（文徵明的曾孙）曾在《长物志》（中华书局，2012年版）中描述松萝茶，说"十数亩外，皆非真松萝茶，山中亦仅有一二家炒法甚精，近有山僧手焙者更妙"。他还讲到真松萝茶在洞山之下，天池之上。"新安人最重之，两都曲中亦尚此。以易于烹煮，且香烈故耳。"

明末有位江西名士费元禄曾在《晁采馆清课》（"子·杂家·杂纂"，明万历［1573—1620］刻本）中品评当时各地的名茶，论述甚为精到："孟坚有茶癖，余盖有同嗜好焉。异时初至五湖，会使者自吴越归，得虎丘、龙井及松萝以献。余为汲龙泉石井烹之。同孟坚师之叔斗品弹射。益以武夷、云雾诸芽，辄松萝、虎丘为胜，武夷次之。"他讲道："松萝、虎丘制法精特，风韵不乏，第性不耐久，经时则味减矣。耐性终归武夷，虽经春可也。最后得蒙山，莹然如玉，清液妙品，殆如金茎，当由云气凝结故耳。"

费元禄这一段品茶记录，罗列了当时最负盛名的虎丘、龙井、松萝，同时又比较武夷茶、云雾茶、蒙山茶，指出各种名茶的特性，可以视为明末嗜茶者流行的看法。其中说到松萝茶与虎丘茶不耐久，不像武夷茶可以久存，经年不败，指出松萝与虎丘质地类似、品类相同，不能久存，是与制茶的方法有关的。

我收录于《中国茶书》中的《茶解》一文，有1609年屠本畯的序，文中列出当时最受人称道的名茶，有虎丘、罗岕、天池、顾渚、松萝、龙井、雁荡、武夷、灵山、大盘、日铸。讲到制茶的方法，我摘录的文中特别提到松萝茶，说其："茶叶不大苦涩，惟梗苦涩而黄，且带草气。去其梗，则味自清澈；此松萝、天池法也。余谓及时急采急焙，即连梗亦不甚为害。大都头茶可连梗，入夏便须择去。"此外，"松萝茶，出休宁松萝山，僧大方所创造。其法，将茶摘去筋脉，银铫妙制。今各山悉仿其法，真伪亦难辨别。"

《茶解》的作者对松萝茶十分了解，明确指出，其制作程序，与苏州一带的精致炒焙方式，如出一辙。以同样方法制作，各地也都可以做成类似的茶叶，当然难免会出现真伪难辨的情况。

为《茶解》写跋（1612年）的龙膺特别推崇松萝茶，说自己要喝好茶，首选是松萝，喝不到松萝，才喝天池茶或顾渚茶。他对松萝茶的制作方法，因为亲自观察过大方和尚的制作程序，也颇有心得，认为松萝茶的制法与岕茶不同，其"色香而白"的优良质地，全在炒焙揉捻之功。因此，按照大方和尚的制作程序，别处的上好茶芽也可以制出媲美松萝的好茶："宋孝廉兄有茶圃，在桃花源，西岩幽奇，别一天地，琪花珍羽，莫能辨识其名。所产茶，实用蒸法如岕茶，弗知有炒焙、揉接之法。"他还提到："予理鄣日，始游松萝山，亲见方长老制茶法甚具，予手书茶僧卷赠之，归而传其法。故出山中，人弗习也。""中岁自祠部出，偕高君访太和，辄入吾里。偶纳凉城西庄，称姜家山者，上有茶数株，翳丛薄中，高君手撷其芽数升，旋沃山庄铛，炊松茅活火，且炒且揉，得数合，驰献先计部，余命童子汲溪流烹之。洗盏细啜，色白而香，仿佛松萝等。"然后他讲道："自是吾兄弟每及谷雨前，遣干仆入山，督制如法，分藏董董。迩年，荣邸中益稔兹法，近采诸梁山制之，色味绝佳，乃知物不殊，顾腕法工拙何如耳。"

我收录于《中国茶书》的《蒙史》中，对松萝茶的制作，说得更为清楚："今时茶法甚精，虎丘、罗岕、天池、顾渚、松萝、龙井、雁荡、武夷、灵山、大盘、日铸诸茶为最胜，皆陆（羽）经所不载者。乃知灵草在在有之，但人不知培植，或疏于制法耳。"他说："松萝茶，出休宁松萝山，僧大方所创造。予理新安时，入松萝亲见之，为书《茶僧卷》。"茶的制法是："用铛磨擦光净，以干松枝为薪，炊热候微炙手，将嫩茶一握置铛中，札札有声，急手炒匀，出之箕上。"其中，"箕用细篾为之，薄摊箕内，用扇搧冷，略加揉授。再略炒，另入文火铛焙干，色如翡翠"。

松萝茶以制作精良考究取胜，我于《中国茶书》中收录的《茶笺》一文也讨论过，此文将之称为"松萝法"。我收录的文中是这样讲的："茶初摘时，须拣去枝梗老叶，惟取嫩叶，又须去尖与柄，恐其易焦，此松萝法也。炒时须一人从旁扇之，以祛热气，否则黄色，香味俱减。予所亲试，扇者色翠，……令热气稍退，以手重揉之；再散入铛，文火炒干入焙。盖揉则其津上浮，点时香味易出。"

万历年间的谢肇淛（1567—1624年）在《五杂组》（上海书店出版社，2015年版）中，也记录了他亲自到松萝一带，听制茶的和尚说"松萝法"："今茶品之上者，松萝也，虎丘也，罗岕也，龙井也，阳羡也，天池也。……余尝过松萝，遇一制茶僧，询其法。曰，茶之香，原不甚相远，惟焙者火候极难调耳。茶叶尖者太嫩，而蒂多老。至火候匀时，尖者已焦，而蒂尚未熟。二者杂之，茶安得佳？松萝茶制者，每叶皆剪去其尖蒂，但留中段，故茶皆一色，而功力烦矣。宜其价之高也。"看来松萝茶的制法，与现代徽州的上品炒青绿茶类似，选料精审，炒青与烘焙的火候更为讲究。由此看来，真松萝的产品虽然极为稀少，而类松萝则徽州各地都可以仿制。因此，松萝茶名满天下，真赝难辨，也就无足于怪了。

五

　　明末清初的遗民诗人吴嘉纪（1618—1684年）曾经写过一首《松萝茶歌》（收于《陋轩诗》，"集部·别集类·明"，清康熙九年［1670］刻本），可算是诗文中叙述松萝茶最详细的文学作品。他说，江南产茶的地方很多，但是真正能够品味松萝茶的人却很少："今人饮茶只饮味，谁识歙州大方片？松萝山中嫩叶萌，老僧顾盼心神清。竹籝提挈一人摘，松火青荧深夜烹。韵事倡来曾几载，千峰万峰丛乱生。春残男妇采已毕，山村薄云隐百日。卷绿焙鲜处处同，蕙香兰气家家出。北源土沃偏有味，黄山石瘦若无色。紫霞摸山两幽绝，谷暗蹊寒苦难得。种同地异质遂殊，不宜南乡但宜北。"这里说的"歙州大方"，就是最早在休宁松萝山创始松萝茶的山僧大方和尚，而"大方片"的说法，让我们知道松萝茶炒制之后呈现为片状，与龙井茶的外貌相似。诗中提到的北源、紫霞、摸山（幂山），都是徽州传统产茶的地区，也被人统称为松萝茶的来源。生长在江苏泰州的吴嘉纪为什么如此清楚松萝茶产地，知道松萝茶出产的复杂情况呢？原来他喝到的松萝茶，都来自两位徽州好友，他们时常给他寄茶，令他感激不尽，甚至想要搬到徽州去，买块山地种茶，与好友结庐为邻："夐岩汪子真吾徒，不惟嗜茶兼嗜壶。大彬小徐尽真迹，水光手泽陈以腴。瓶花冉冉相掩映，宜兴旧式天下无。有时看月思老夫，自煎泉水墙东呼。郝瑹陆羽无优劣，茗椀微茫触手别。灵物堪令疾疢瘳，今年所贮来年啜。怜予海岸病消渴，远道寄将久不辍。二君俱是新安人，我愿买山为比邻。一寸闲田亦种树，瓯香碗汁长沾唇，况复新安之水清粼粼。"

吴嘉纪《松萝茶歌》提到的"夐岩汪子"，名汪士铉，字扶晨，徽州地区潜口人，是吴嘉纪的诗友。屈大均曾写诗给汪扶晨，收入诗集后附有注解："扶晨家在潜溪，门前有紫霞山，去黄山九十里。""扶晨自制茶，名紫霞片。海陵吴野人（嘉纪）有《谢扶晨寄紫霞茶》诗。"吴嘉纪的诗，是这么写的："病渴老益甚，命棹还田家。情人相追送，赠我紫霞茶。此物瘳疾疢，岁产苦不多。感君回首望，已隔芙蓉花。花红江水碧，归程尽三百。茅斋林木里，明月照床席。独饮山中茶，忆此山中客。"因此可知，吴嘉纪所咏的松萝茶，其实是汪扶晨自己种植监制的紫霞茶。

诗中说到可以匹敌陆羽的"郝髯"，名郝仪，字羽吉，徽州人，是与吴嘉纪诗歌唱和的知己好友，行贾于徽州、扬州、泰州，为人慷慨大方，时常接济生活在贫困中的穷诗人吴嘉纪。吴嘉纪的《陋轩诗》中，有大量诗作写给郝羽吉，如《咏古诗十二首赠郝羽吉》，最后一首说："茶味世不识，浊俗何飺醒？鸿翼覆野啼，陆羽真天生。饮啜道遂广，荈藙辨尤精。采摘谷雨前，归来山月明。夜火喧僧舍，幽芬淡人情。吴楚几原泉，气味本孤清。汩没山谷里，几与众水并。逢君一鉴赏，人间尽知名。至今品题处，滴溜寒泠泠。"这是称赞郝羽吉能辨别茶味，是品茶的鉴赏专家。郝羽吉于1680年过世，第二年谷雨时节，吴嘉纪写了两首绝句《茶绝怀郝二》，怀念郝羽吉年年远寄松萝茶，斯人已去，再也得不到这份温馨友情的照顾了。其一："三径蓬蒿一老身，愁闻谷雨是今晨。自从郝二夜台去，空碗空铛乾杀人。"其二："箬篓铅瓶封且题，频年千里寄柴扉。数钱今日与山店，买得松萝忍泪归。"

由吴嘉纪的例子，可以看出，他能常喝松萝茶的原因，是得自徽州诗友的馈赠。他的徽州诗友平素从事商业活动，经常来往于徽州、扬州、泰州一带，也就传布了松萝茶风尚，让生活窘迫的吴嘉纪也能品尝山乡的珍稀滋味，齿颊生香。这个寄赠松萝茶到扬州一带的例子，同时显示了徽商在扬州的活动，并不只是翻滚于钱堆之中，也热衷于文化审美的生活品位，提倡风雅，活跃于经济以外的文化场域。扬州八怪之一的郑板桥，曾有题画诗，把翠竹新篁与松萝新茗并列，表达天清气朗的早春感觉，还题了诗，颇有扬州地域的时尚感："不风不雨正晴和，翠竹亭亭好节柯。最爱晚凉佳客至，一壶新茗泡松萝。几枝新叶萧萧竹，数笔横皴淡淡山。正好清明连谷雨，一杯香茗坐其间。"

松萝茶到了乾隆嘉庆时期，仍然相当风行，而且是徽商经营的大宗。江登云的《素壶便录》就说，产自休宁的松萝茶固然最负盛名，然而黄山一带也产好茶，可以媲美松萝，如黄山云雾茶、黄山翠雨茶等，可能质量还要高于松萝。其实，徽州地区出产很多高级品种，如歙县的太函茶、潜口的紫霞茶、西乡的金竺茶、南乡的小溪茶、北源诸山的茶，都不亚于松萝。嘉庆年间刊印的《橙阳散志》（安徽师范大学出版社，2018年版）特别说到徽商经营茶叶的情况："歙之巨商，业盐而外，惟茶北达燕京，南极广粤，获利颇赊，其茶统名松萝。而松萝实乃休（宁）山，匪隶歙境，且地面不过十余里，岁产不多，难供商贩。今所谓松萝，大概歙之北源茶也，其色味较松萝无轩轾。"

松萝茶的衰落，大概是在清末之后，国势衰微，经济颓败，战乱不止，革命频仍。吟风弄月、品茗赏花的心境，很难在山河破碎之际，继续承传，而松萝茶的风尚也就成为绝响。一直到了21世纪，经济起飞之后，人们生活富裕了，松萝茶居然像浴火的凤凰，再度从休宁的山坳里，飞翔进我们的视野。我喝着松萝茶，不禁冥想，今天的松萝茶会不会再度成为时尚？

陆羽无《水品》？

陆羽写了本《茶经》，成了中国茶饮文化史的最大功臣，流芳千古。他既然品评了各地名茶，标示优劣，会不会对煎泡茶叶的水质也做出专家式的审定呢？按照张又新《煎茶水记》所说，陆羽曾品味过全国各处的 20 种水，评定高下。张又新列出了这 20 种水，但没说陆羽有没有写过《水品》，也没说陆羽所列的 20 种水是否出自《水品》一书。

同治《湖州府志》第 56 卷《艺文略》在"陆羽"项下列了许多著作，但在每部书后都说"佚"，也就是散佚不可得见了。所列的书名有：《君臣契》三卷，佚；《源解》三十卷，佚；《江西四姓谱》十卷，佚；《南北人物志》十卷，佚；《吴兴历官记》三卷，佚；《湖州刺史记》一卷，佚；

《占梦》三卷，佚；《吴兴图记》，佚；《顾渚山记》一卷，佚；《茶经》三卷，佚；《水品》，佚。

看来《湖州府志》的编辑先生虽然钦佩这位流寓此地的茶圣，却无缘读到他的著作。奇怪的是，连《茶经》都没见过，还说是佚书。令我怀疑的是，编者是否抄录了陆羽的著作，一路抄下来都是"佚"，刹车不住，连《茶经》也就一并"佚"了。这也令我想到，《湖州府志》所列的最后一项佚书《水品》大概是真有其书的。至于陆羽《水品》的内容是什么，是否就是张又新记的陆羽所品的20种水，我们就无法知道了。

《湖州府志》列了《水品》，没说几卷，也颇启人疑窦。是不是此书不分卷，只列水名、品第高下呢？那么，就有可能是张又新录载的那一段文字，除了20种水，别无材料了。不过，《湖州府志》在此提供了一个注，引了《云麓漫钞》："陆羽别天下水味，各立名品，有石刻行于世。"

这段话见《云麓漫钞》第10卷，是称赞陆羽有知味之能，可以辨别天下水味。说"有石刻行于世"，并不能解决我们的疑窦，并不能证实除了品20种水之外，陆羽还另有

《水品》一书石刻传世。

　　倒是《湖州府志》第19卷《舆地略·山（上）》提供了一条材料，可证确曾存在过陆羽《水品》一书。这段文字是形容金盖山的，同时引了一条农谚："金盖戴帽，要雨就到。"为了支持农谚的说法，还引了陆羽《水品》的一句话："金盖故多云气。"虽然只是一句话，却很重要，因为这一句话不见于张又新的《煎茶水记》，不属于陆羽"口述"20种水的材料范围。因此，极有可能是陆羽写过一本《水品》，内容超过了只有20种水的品第。

　　不过，即使陆羽真写过一本《水品》，我们今天所能得到的资料也只有"金盖故多云气"这一句，并未讨论煎茶水质的好坏。要谈陆羽辨别水味，还是得回到张又新记述的20种水。

古人饮茶要拉花

最初接触到卡布奇诺咖啡，是在 20 世纪 70 年代初，我在耶鲁大学读书的时候。那时城里咖啡馆不少，都是希腊人开的，所谓 coffee house，很像香港的茶餐厅，是一般人吃早餐、吃汉堡包，甚至喝咖啡、聊天的地方。那咖啡实在不怎么样，淡而无味，却又苦涩难喝，真不知是用什么希腊秘方泡制出来的。我有一个同学，是新英格兰世家出身，从小就经常跟父母到意大利度假，颇有点亨利·詹姆士笔下的洋派风范。有一天跟我说，城里的咖啡太难喝，我们到城东伍斯特广场去，那里是意大利人的居住区，有意大利餐厅、咖啡馆，可以喝到意大利的特浓咖啡，还有卡布奇诺。我问，什么是卡布奇诺？他说，你喝了就知道，不但比希腊人的酸苦咖啡好喝，而且优雅多了。于是，就跟他去了，喝到了香气浓郁的咖啡，上面还浮泛了一层厚厚的牛乳打成的泡沫，轻轻点染着肉桂粉，真是芳香无比。

过了 20 年，市面上出现了星巴克连锁咖啡店，满街都卖起卡布奇诺。有时不想多花钱，只想老老实实喝一杯普通咖啡，反而遭了难。跟年轻的店员说，不要卡布奇诺，只要普通咖啡，他就死死瞪着你，好像你是乞丐进了米其林三星饭店，而他则是罗马元老院贵族后裔的意大利人，带着不屑的口气问，Americano？那些店员最多不过 20 岁，想来绝对不知道他们出生之前，他们的父母喝的是什么样的咖啡。那个时候，有什么 Americano？他们知不知道，自己的父母一代上街喝咖啡，只有 Greco！

十几年前来到香港，发现香港年轻人都喝卡布奇诺，而且神气得很，还要喝拉花的，说某处拉花拉得好，可以拉出一团浮泛着爱心的泡沫。我才注意到，21 世纪流行的卡布奇诺，特别讲究拉花。过去的卡布奇诺是以高温充气法，将牛乳打成泡沫，浮在咖啡上，给人带来温馨饱满的感觉。现在不够了，要拉成各种花样，有心形、玫瑰花形，拉两颗相连的爱心，拉出梅花的五朵花瓣，千姿百态，不一而足。有一次跟学生一道喝咖啡，学生盛赞这家咖啡屋的拉花技术高超，可以拉一朵花，上面再洒上肉桂末，看起来像花蕊一样，十分逼真。我说，这有什么稀奇呢，唐宋人饮茶，在1000多年以前，已经玩拉花游戏了，而且技术远超过这些现代咖啡馆里的拉花达人。同学听了，瞪大眼睛，问我是否开玩笑，这么潮的卡布奇诺特技，唐宋的中国人已经玩过了？老师是否教中国文化教得走火入魔，坠入清末民初"西学源出中国"的故辙，以为量子力学源出《易经》，卡布奇诺拉花也源出中国茶道？

我说，老师没发昏，唐宋茶道的确玩过拉花游戏，而且是当作高尚游戏来玩的，从庶民大众一直到皇室，人人玩得如痴如醉。历史证据确凿，文献可征。你且平心静气，听我慢慢道来。唐宋时代喝茶，主流方式是研末煎点。唐朝先把茶叶制成茶团，烹煮以前研成末，然后倾入汤锅中烹煎，让茶末形成泡沫；宋朝有点改变，把研末的茶粉调成膏状，然后注入汤水，用筅击拂，打出泡沫。关键是，饮茶的方式与现代不同，是要打出泡沫，而且啜饮白乎乎的泡沫。

陆羽《茶经》的"五之煮",细述烹煮研末之后的茶叶,盛到茶碗里,产生视觉美感:"凡酌,置诸碗,令沫饽均。沫饽,汤之华也。华之薄者曰沫,厚者曰饽。细轻者曰花,如枣花漂漂然于环池之上;又如回潭曲渚青萍之始生;又如晴天爽朗有浮云鳞然。其沫者,若绿钱浮于水湄,又如菊英堕于镈俎之中。饽者,以滓煮之,及沸,则重华累沫,皤皤然若积雪耳,《荈赋》所谓'焕如积雪,烨若春蔌'有之。"这段话,我在《茶道的开始》一书中,翻译成白话如下:

"饮酌之时,茶汤倒进碗里,要让沫饽均匀。沫饽,就是茶汤的精华。精华薄的,称之为沫;精华厚的,称之为饽。轻轻的称之为花,就像枣花漂浮在圆形的池塘上,又像曲折回环的潭水新生了青青的浮萍,又像爽朗的晴天点缀着鳞状的浮云。茶汤的沫,有如水边浮着绿色的萍钱,又如菊花落在杯中。茶汤的饽,是以茶滓煮的,煮沸之后,累积层层白沫,皤皤如白雪。《荈赋》所谓'明亮似积雪,艳丽如春花',是有的。"

唐代诗僧皎然是陆羽的好友,写过许多与茶有关的诗篇,其中谈到烹茶过程,描述烹点末茶会出现如花的泡沫。

如《饮茶歌送郑容》一诗，有句"霜天半夜芳草折，烂漫缃花啜又生"，芳草指的是茶叶，经过折碎碾磨成为茶粉，烹煎之际就会出现浅黄色如花的泡沫。另一首诗《对陆迅饮天目山茶，因寄元居士晟》，有句"投铛涌作沫，著碗聚生花"，讲的是把研磨好的茶粉倾入茶铛之中，就在沸水中滚出泡沫，倒进碗里则凝聚成花。再如他写的《饮茶歌诮崔石使君》，写他得到浙东人士送他的剡溪茶，高兴得很，赶紧取来烹煮，盛到茶碗里，就看到"素瓷雪色缥沫香，何似诸仙琼蕊浆"。卢仝的名诗《走笔谢孟谏议寄新茶》，也就是写喝了七碗茶，飘飘然似神仙那首诗，前面讲到纱帽笼头，关起门来煎茶，自得其乐。茶煎好了，盛到碗里："碧云引风吹不断，白花浮光凝碗面。"白花花的泡沫浮在碗面，是饮茶过程中视觉美感的一大享受。

唐代晚期的宰相李德裕是很会享受人生的大官，连喝水都要喝天下第二泉的惠山泉水，差人大老远将水从太湖北岸的无锡运到长安，滋润他的尊唇。他喜欢喝茶，写过《故人寄茶》，有句："半夜邀僧至，孤吟对竹烹。碧流霞脚碎，香泛乳花轻。"半夜里邀了山僧来喝茶，在幽篁之中煮茶吟诗，雅兴真是不浅。碧绿的茶末像云霞一般有聚有散，在烹煎的过程中，茶香氤氲，泛起乳白色的茶汤泡沫，引人入胜。他还写过《忆茗芽》，其中讲到"松花飘鼎泛，兰气入瓯轻"，也是描述饮茶场合的感官快意。视觉方面，茶汤的泡沫浮在茶器上面，像松花一般飘逸；在嗅觉与味觉方面，则闻起来与入口品尝都有兰花香气，真是集不同感官之娱。

到了五代北宋，陶榖（903—970年）《清异录》（上海古籍出版社，2012年版）有"茗荈"一章，记载当时的茶事。虽然有人说此书可能是他人假托陶谷所作，但书成于宋朝是没问题的，记载的事情是五代到宋初也是可靠的。书中有"生成盏"一则："馔茶而幻出物象于汤面者，茶匠通神之艺也。沙门福全生于金乡，长于茶海，能注汤幻茶，成一句诗。并点四瓯，共一绝句，泛乎汤表。小小物类，唾手办耳。檀越日造门求观汤戏，全自咏曰：'生成盏里水丹青，巧画工夫学不成。却笑当时陆鸿渐，煎茶赢得好名声。'"讲的是当时有个福全和尚，冲泡茶汤的技艺十分高超，能够在注入汤水的时候，在茶碗里拉花，而且拉出一句诗来。最高明的本领是，能够并摆4个茶碗，拉出一首绝句来。

我问同学说，你说现在的卡布奇诺拉花新潮，拉花达人本领高超，请问，现在有哪一个达人有本事拉出一首诗来？不必限于中文诗，英文诗也可以。同学听了瞠目结舌，无言以对。我说，中国古人玩拉花，还不止于此呢。《清异录》还说："茶至唐始盛。近世有下汤运匕，别施妙诀，使汤纹水脉成物象者，禽兽虫鱼花草之属，纤巧如画。但须臾即就散灭。此茶之变也，时人谓之'茶百戏'。"另外还记载了"漏影春法"："用镂纸贴盏，糁茶而去纸，伪为花身；别以荔肉为叶，松实、鸭脚之类珍物为蕊，沸汤点搅。"同学问，怎么点茶拉花，还放鸭脚呢？放不放鸭脖子？放不放鸡翅膀？我说，你们年轻人贪吃，吃零食吃昏了头。这里说的鸭脚，不是卤鸭脚，是银杏白果，因为银杏叶子形状像鸭蹼，所以也称鸭脚，是泡茶时放的点心。

有趣的是，当时有许多和尚都是点茶拉花的达人，如江南有个和尚文了，还被人安上了"汤神""乳妖"的绰号，可见技艺超群，令人惊叹。我收录于《中国茶书》的《茗荈录》一文中讲到："吴僧文了善烹茶。游荆南，高保勉白于季兴，延置紫云庵，日试其艺。保勉父子呼为汤神，奏授华定水大师上人，目曰'乳妖'。"或许是因为和尚除了打坐念经，没有世间的杂事来干扰，时间特别多，可以专心练就点茶的功夫。

宋代点茶风气盛行，从老百姓到皇帝，人人都玩点茶游戏，也就或多或少是点茶拉花的行家里手。宋朝最大的玩家是宋徽宗，当然也是点茶大家。他在《大观茶论》（收于我的《中国茶书》）里面说："点茶不一，而调膏继刻。以汤注之，手重筅轻，无粟文蟹眼者，谓之静面点。盖击拂无力，茶不发立，水乳未浃，又复增汤，色泽不尽，英华沦散，茶无立作矣。有随汤击拂，手筅俱重，立文泛泛，谓之一发点。盖用汤已故，指腕不圆，粥面未凝，茶力已尽，雾云虽泛，水脚易生。妙于此者，量茶受汤，调如融胶。环注盏畔，勿使侵茶。势不欲猛，先须搅动茶膏，渐加击拂，手轻筅重，指绕腕旋，上下透彻，如酵蘗之起面，疏星皎月，灿然而生，则茶之根本立矣。"说得十分精到，告诉我们如何才能点好一碗茶，如何注水，如何用筅，如何击拂，像是点茶拉花教练似的。他还特别指出，手劲太重而茶筅太轻，就出现击拂无力的现象，茶膏发不起泡沫，无法制造立体化的沫饽，就是"静面点"的缺憾。而随着注入汤水，不断击拂，手劲跟茶筅用力太重，只能发起泛泛的泡沫，不能形成持久的沫饽，叫作"一发点"，这是因为手指与手腕用力的方式不对，不够圆融，茶膏还未凝聚成坚实的泡沫，就已经散入汤水。

宋徽宗教我们的方法是，要平衡茶膏与汤水的适当比例，要把茶膏先调得适宜，环绕着茶盏注水，要小心翼翼，不要让注水的过程影响茶膏发立。一开始不能太猛，慢慢击拂，逐渐发力。手要轻，筅要重，手指与手腕的动作要灵活，旋转环绕，上下透彻，才能像酵母发面那样，如"疏星皎月，灿然而生"，形成茶面能够持久的沫饽。他还告诉我们，注入汤水的过程很复杂，一共有7道步骤，要循序渐进，才能一步一步看到"色泽渐开，珠玑磊落""粟文蟹眼，泛结杂起""轻云渐生""结浚霭，结凝雪""乳点勃然"，最后才能达到沫饽凝聚的效果，"乳雾汹涌，溢盏而起，周回凝而不动，谓之咬盏，宜均其轻清浮合者饮之"。

要说天下第一拉花达人，除了宋徽宗，谁能匹敌？

宋徽宗饮茶

讲宋代文化发展精致品位的时候，我常说，宋徽宗是有史以来最大的玩家，而且从审美的境界而言，不论是鉴赏还是实践，古今中外，空前绝后，没有人玩得过他。听我这么讲，或许有人会觉得我故意使用潮语，夸大其词，以耸人听闻的说法，颠覆宋徽宗作为皇帝与艺术家的地位。但事实确实如此，宋徽宗赵佶先生是个天生的艺术玩家，不适合当皇帝，他可以被冠以双料头衔：出色的大艺术家、蹩脚的亡国皇帝。这两个身份在他身上的"有机"结合，就注定了宋朝要遭殃，大好江山要落到金兵手里。

宋徽宗懂书画，创制瘦金体，花鸟人物都画得精美无比，而且带一种雍容贵气，细致而不柔靡，华丽而不炫耀；

他懂园林设计，在汴京开封建艮岳，建材选了最具艺术空灵想象的太湖石，不惜劳民伤财，到太湖里打捞，还要一路运到汴京，鸠工兴建，想来那工程也不亚于古埃及法老王建筑金字塔。他还"懂得用人"，专用一些奸佞之徒，如蔡京、童贯，让他整天开开心心，沉溺在莫谈国事的美好艺术世界之中。龚明之的《中吴纪闻》（上海古籍出版社，1986年版）第5卷，记载徽宗即位之初，下诏征求直言，有人力陈时政缺失，没想到龙颜震怒，下令殿前卫士"以挝斧撞其颊，数齿俱落，凡直言者尽捽出之"。世界真美好，国家大事像一曲悦耳的歌，岂容不识好歹的直言极谏的家伙来破坏！

宋徽宗号称"道君皇帝"，虽然不懂得如何当个明君，却绝对懂得艺术品位。日常饮宴豪奢讲究不说，单讲饮茶之道，他也是第一流的玩家兼专家，可与陆羽、蔡襄并列，最能说出品茶的个中深蕴。身为皇帝，他当然可以品尝来自全国各地的贡茶，有条件审视各种名茶的品相与滋味，同时还参与实践，要求御茶苑制作精品茶团，大玩皇帝尊口的品位技艺。按照《宣和北苑贡茶录》的记载，宋徽宗在位的时候，武夷山北苑的御茶园不能再囿于传统上贡的龙凤团茶，必须跟着皇帝的心思变花样，以悦龙心，至少精制了几十种贡茶，让这位不世出的艺术皇帝来玩赏：白茶、龙园胜雪、御苑玉芽、万寿龙芽、上林第一、乙夜清供、承平雅玩、龙凤英华、玉除清赏、启沃承恩、雪英、云叶、蜀葵、金钱、玉华、寸金、无比寿芽、万春银叶、玉叶长春、宜年宝玉、玉清庆云、无疆寿龙、长寿玉圭、太平嘉瑞、龙苑报春、南山应瑞、琼林毓粹、浴雪呈祥、壑源拱秀等等，不一而足。我不禁想，这么多层出不穷的花样，不要说啜饮逸兴了，就是为了评级而一一品尝，喝得过来吗？宋徽宗乐此不疲，看来绝对是有过人之处，就跟真正的艺术家一样，为艺术钻研而搏命。不过，也就没有时间精力来管国家大事了。

　　宋徽宗不但品尝鉴赏，还写了《茶论》一文，后世称之为《大观茶论》，谈制茶之法与点茶真韵。此文收录于我的《中国茶书》中，它讲饮茶有道，首先讲究色、香、味。说到色，宋徽宗认为"点茶之色，以纯白为上真，青白为次，灰白次之，黄白又次之。天时得于上，人力尽于下，茶必纯白"。我在校注编写《中国历代茶书汇编》的时候，出版社编辑就问，茶之色怎么是纯白最上呢？宋徽宗没搞错吧？最精美的茶芽，不是淡绿色的吗？泡出的茶汤清雅飘逸，呈现荷叶青的茶色吗？我说那是明清以后的讲究，不是宋代点茶所追求的极致。宋代点茶，在品尝之前，还有一道视觉艺术的工序，用的是碾成粉状的茶末，放在建窑绀青黑釉的茶盏中，拂击成白色的沫饽，有点像现代人喝卡布奇诺那样，上面要浮着一层浓郁的泡沫。宋徽宗最喜好的白茶，是特异的品种，他自己说："白茶自为一种，与常茶不同。其条敷阐，其叶莹薄。崖林之间偶然生出，盖非人力所可致。"说来说去，就是皇帝老子本事大，能够独享这种天地间偶然生出的白茶。这种茶属于天地精英的聚萃，即使不是绝无仅有，也差不多了。

讲茶之味，宋徽宗指出："夫茶，以味为上，甘香重滑，为味之全，惟北苑、壑源之品兼之。"这里讲的，就是福建北部御茶园及其附近所产的茶，因为茶底浓厚，韵味十足，所以入口甘香，可堪回味。宋徽宗观察得十分细致，指出福建茶的特性，是与别处茶叶不同的。到了今天，虽然饮茶的方式完全改变了，从宋代的研末煎点，改成了明清以后的叶芽冲泡，但茶之特性基本上还是如此。也就是福建武夷岩茶、铁观音、乌龙一系，茶种含有较浓的茶氨酸与单宁酸，焙制之后有浓香的口感，呈现"甘香重滑"的特色。

说到茶之香，收录于《中国茶书》中的《大观茶论》是这么讲的："茶有真香，非龙麝可拟。要须蒸及熟而压之，及干而研，研细而造，则和美具足，入盏则馨香四达，秋爽洒然。或蒸气如桃仁夹杂，则其气酸烈而恶。"编辑看不懂，又来问，这一段话谈茶之香，提到把茶蒸熟，到底是在描述制茶的过程，还是在谈泡茶的过程？我说，这里主要讲的是制茶过程与茶香的关系，但是当中夹了一段"研细而造，则和美具足，入盏则馨香四达，秋爽洒然"，则是泡茶的过程，显示茶香氤氲的效果。说完了这一段，又回头讲制茶过程影响茶香，若是制作时蒸压不得法，像桃仁那样，当中夹杂着空隙，充气其中，则夹杂其中的气会变酸，泡出来的茶就难喝。所以，由此可以看出，宋徽宗是真的懂茶，不但懂得如何点泡，还清楚知道制茶的过程与饮茶的香气效果。

这位最懂得品赏茶道的徽宗皇帝，治国无方，最后导致金兵入侵。靖康二年（1127 年），徽宗和他儿子钦宗一道被金兵掳去，成了阶下囚，遭到百般侮辱，被封为"昏德公"，被辱骂为昏庸无道之人。随后金人又把他迁往极寒的北地五国城，也就是今天黑龙江依兰县北边的旧城。令人惊讶的是，徽宗居然能够苟延残喘，在金人凌辱之下，逆来顺受，活了 8 年之久，到 1135 年才因病去世。不知道他生活在黑龙江的年月，是否还有茶喝，是否还有什么花样让他一展艺术的长才？《宋史》评论徽宗，针砭得非常严厉："自古人君玩物而丧志，纵欲而败度，鲜不亡者，徽宗甚焉，故特著以为戒。"

青花瓷的联想

一面青花瓷盘

到普林斯顿大学开会，同时还有一些学术交流的工作安排，住在神学院的招待所里，离校园只有几步之遥，十分方便。想到30多年前，也曾在校园内住过，参与剑桥中国史明史计划，在牟复礼教授的指导之下，整天不是在葛思德图书馆的书库里孜孜矻矻，翻阅古籍，就是跟着前辈学人问学。记得当时黄仁宇先生正在计划写萨尔浒之战，就跟他讨论战役的兵力调度。黄先生说自己是行伍出身，懂得打仗的，于是画了好几张战术部署与调动的示意图。有些我看不明白，他就指手画脚，带着极为浓重的湖南口音给我解释。

我说，黄先生，你的湖南话我领教过，懂的我也听不懂，请省省吧，再解释我也是没法听懂的，我们笔谈吧。他就又画又写又说，解释努尔哈赤如何调兵遣将，在几天之内连破明朝三路大军，夺取决定性的胜利。说着说着就发起感慨，从明朝的萨尔浒战役讲到国共内战的徐蚌会战（他不说"淮海战役"），说国民党的机动部队只有机械是机动的，战术的运用一点也不机动。讲着讲着就激动起来，批评国民党的将领脑筋僵硬，不懂得学习历史经验，也不看看努尔哈赤的用兵之道是多么灵活。激动一番之后，他又感叹说，学剑不成学书，学书也无裨于国计民生，算了，今天不研究了，我们到美术馆去看看，陶冶一下性情。

普林斯顿大学美术馆就在葛思德图书馆附近，绕过教师俱乐部的花园后面，几步路就到了。美术馆的收藏十分富赡，西方美术传统的艺术品不用说了，就是东方艺术的藏品也异常精美。我每次去，总是流连于中国书画，对其他藏品无暇多顾；跟着黄先生四处观赏，则信步游览，没有特定的目标。展出的东方艺术部分，有几件明代青花瓷，又引起黄先生的感慨，说明朝工艺多么精巧，掌握的科技绝对是世界制造业的前沿，怎么文化艺术可以达到如此巅峰，到了后来，政治军事却一败涂地，以至于亡国了呢？我们看着那几件青花，特别是一只缠枝牡丹纹饰的梅瓶，好像面对历史的讽刺，许久许久，寂然无言，默默离开了。

时隔30年后，我在普林斯顿大学校园闲逛的时候，穿行在老榆树与山茱萸的苍劲与明媚之间，正觉得赏心悦目，突然就想起那次与黄仁宇先生逛美术馆的事。走着走着，就走进了美术馆，也是随兴参观，突然看到一幅17世纪荷兰画家范斯特里克（Juriaen van Streeck，1632—1687年）的静物画。画中描绘的是当时荷兰早餐桌上的食物，青花瓷盘中盛着橘子与削了皮的柠檬，柠檬遮住了一把餐刀，只露出刀柄。盘子后面是一串紫黑色葡萄，新鲜亮丽，还带着葡萄藤的枝叶。盘子左后方是一只高脚玻璃杯，靠前是较矮的玻璃酒杯，盛了微带青黄色的白葡萄酒。酒杯前方是一颗剥开的糖果，糖果的碎粒散布在桌面上。画面的右下角，也就是紧靠着瓷盘的右前方，是切开一角的面包，露出了面瓤的肌理。这幅油画是典型的工笔静物画，食物画得逼真，但是最吸引我的还是那面青花瓷盘，因为这面瓷盘显然是漂洋过海，从遥远的中国运来的。

瓷器的发明是人类物质文明进展的一大成就，始自中国大地，可说是中华文明对人类的重大贡献。从唐宋以来，陶瓷一直是海外贸易的大宗，随着船舶漂洋过海，把文明的光辉，沿着南中国海、印度洋、波斯湾、红海，一路散布到欧亚大陆的西陲。青花瓷的出现较晚，到元朝因为有了大量钴料从西亚进口，才兴盛起来，到了明朝就成为外销瓷器的大宗了。15世纪末至16世纪初随着新航路的开辟，葡萄牙成为第一个来华贸易的西欧国家，随后来的是荷兰人，运走了大批青花瓷，贩卖到欧洲，开启了东西方海上交流的新篇章，引发了欧洲歆慕中国的"中国风"（Chinoiserie）。17世纪期间葡萄牙的海上霸权逐渐衰落，代之而起的荷兰成为英国崛起之前最成功的东西海上贸易的主导。荷兰人的日常生活也都跟着改变，增加了东方因素，连吃早餐用的盘子都是来自中国的青花瓷。

我站在画前，看了许久，凝望着历史展现在画面上。这幅画上的青花瓷盘，是景德镇按传统图纸出产的，还是荷兰定制的？或许是福建民窑仿制的？如何装到船上，曾经转运何处，到过巴达维亚吗？如何穿越印度洋的？是荷兰舰队护送的吗？经过郑和下西洋的航路吗？循着达·伽马所走的航线吗？如何绕过好望角，沿着西非的海岸，是经过英伦海峡，到达荷兰的吗？这个瓷盘到哪里去了？打破了，扔掉了吗？这幅荷兰的静物画，又是怎么卖到普林斯顿大学美术馆的呢？最后这个问题不难回答，查查美术馆的档案就知道了。可是，前面的历史问题，就不是那么容易回答了。

我又想起了黄先生对着青花瓷，凝视历史的眼神，十分落寞，又十分动情。

景德镇御瓷

明代嘉靖至万历年间的文坛领袖王世贞，有个弟弟王世懋，也是当时著名的文人学者。在他的《二酉委谭》中，有一段关于景德镇的记录，说江西饶州府浮梁县城外20里地，设有景德镇官窑，也就是给皇室烧造瓷器的所在。景德镇整个地区则是"天下窑器所聚"，当地老百姓以制造瓷器为生，财源滚滚，富甲一省。王世懋曾经被派到当地做官，亲眼见识了景德镇窑业的繁荣与发达，是古代农业社会绝无仅有的奇景："万杵之声殷地，火光烛天，夜令人不能寝。"于是，他给景德镇取了个诨名，叫作"四时雷电镇"。

景德镇在明清时期，为皇室烧造瓷器，设有御窑厂，产品当然是不惜工本、精益求精，在技术工艺上不断寻求发展与突破，以求餍足宫廷的需要。精美的御瓷，摆在宫中可以赏心悦目，粉饰太平；用于御膳可以衬托菜肴的美观，增强食欲；宴饮品茶可以怡情养性，消烦解闷。皇家设置官窑，动用宫廷画师设计图案，调遣全国能工巧匠制作御器，只管精美无瑕、天下第一，绝对不会去想制造工序的繁杂，去体恤工匠在烧造御器过程中的辛勤与劳苦。但是，文明的发展与进步总是充满了反讽，皇帝对瓷器穷极奢侈的欲求，虽然劳民伤财，道德有亏，却集中了当时的聪明才智，不惜工本，使制瓷工艺日新月异，更上层楼。皇帝老子引领品赏瓷器的风气，上层社会的达官贵人必定跟风，亟亟追求陶瓷工艺的精品。甚至上行下效，促进了民间窑业的蓬勃发展，一般老百姓模仿御窑产品款式与花样，大量生产，带动了景德镇的陶瓷工业，造就了王世懋说的"四时雷电镇"。

明朝人对明代瓷器的品赏，主要是以景德镇瓷器为标准样品，一直影响到现代专家对古董瓷器的审美品评。晚明时期见闻广博的王士性，在他谈论人文地理的著作《广志绎》（中华书局，2006年版）中说："本朝以宣、成二窑为佳。宣窑以青花胜，成窑以五彩。宣窑之青，真苏浡泥青也，成窑时皆用尽，故成不及宣。宣窑五彩，堆垛深厚，而成窑用色浅淡，颇成画意，故宣不及成。然二窑皆当时殿中画院人遣画也。世庙（嘉靖）经醮坛盏，亦为世珍，近则多造滥恶之物。惟以制度更变，新诡动人，大抵轻巧最长，古朴尽失。然此花白二瓷，他窑无是，遍国中以至海外夷方，凡舟车所到，无非饶器也。"可见，晚明期间最为人称道的，是宣德窑与成化窑，或许是因为洪武窑与永乐窑的器物精品都藏于宫苑，加之时代久远，必有大量损耗，在民间少有流传，也就说不出名堂。其实，这段论述，指出了当时品赏瓷器的普遍看法：最好的瓷器中，宣德窑是青花，成化窑是五彩（清代之后称为"斗彩"），嘉靖窑则是轻巧的青花。而普天之下流传的，都是景德镇的产品。

王士性就其见闻所及，讨论景德镇瓷器的品等，可算是当时文人雅士的共识。但是，明代文人并没有机会好好研究御窑厂的制作，更不可能到紫禁城里去调查历朝历代的御器，仔细分析比较不同时期的各类官窑与民窑器物。因此，明代瓷器品赏的普遍看法虽然很有价值，影响后世研究瓷器的方向，但是也有值得商榷之处。

近年来考古工作者在景德镇发掘了明代御窑厂，出土了大量官窑御用瓷器产品，使我们眼界大开，看到许多贡器的副品与次品，也就更加深刻地了解了本属于宫中不传之秘的宝物。官窑出产的上贡瓷器，一般总要按指定数目多烧一些，以确保能够提供完美无缺的贡品。多余下来的瓷器，即使也是完美无瑕，甚至与贡品一样巧夺天工，因为是御器，是给皇家使用的，民间不准僭越使用，也没人敢冒着杀头的危险去偷偷使用，于是只能造册敲毁，掩埋在御窑厂内。考古学家发掘御窑厂，就发现了满坑满谷的御瓷，完整堆埋在固定的坑里，有条有理，丝毫不乱，好像苦守文明的隐秘的冤魂，等着考古学家来发掘出土，要向世界宣告它们深埋在历史地牢中的冤情。

不久前我到景德镇考察明代瓷窑，主要的目的是看看昌江河边的观音阁地区，以及明了附近明清青花瓷堆填的情况，希望弄清楚景德镇民窑制造外销青花瓷的情况。同时，也就参观了珠山保留下来的明代官窑考古工地，亲眼看到出土御窑碎瓷的土坑。我不禁大为感慨，跟考古所所长说，假如当时没有敲碎，完完整整埋下去，那多好，一定会让你们在发掘时雀跃三尺。所长说，要真是那样，岂止三尺，要跳起三丈，甚至跳过龙珠阁呢。御窑贡品，当今的市价每一件都可以上亿，一个坑里面就有十几件到几十件，真是价值连城，岂是开玩笑的。

参观完了官窑考古工地，所长带我去看拼对起来的御瓷展览，从元青花一直到康雍乾三代的御窑产品，琳琅满目，精彩万分。我正赞叹万分，所长说，考古所里还有很多珍品，你要不要"上手"？上手，当然要上手。观赏瓷器最开心的时刻，就是上手了。用掌抚摸经历了五六百年岁月的杯盘，仔细摩挲带耳的瓷瓶，贴近宝器，肌肤相亲，细看釉色与图饰的深浅，掂量瓷胎的轻重，那感觉实在是笔墨难以形容，山色岚气有无中，简直跟孔老夫子闻韶一样，"三月不知肉味"。

因为时间有限，考古所拿出了20来件御瓷，一一让我上手观摩。印象最深的是一件洪武青花蕉叶竹湖石纹执壶，一件永乐红釉靶盏，一件宣德斗彩鸳鸯莲池纹盘，一批宣德青花蟋蟀罐。那件永乐红釉靶盏，侈口深腹，盏内壁施以红釉，却毫不张扬，隐隐可以看到印有双龙纹，盏心则印有"永乐年制"四字双行篆书款。所长告诉我，这是永乐红釉瓷盏中最早的一件带款器。至于那件宣德斗彩鸳鸯莲池纹盘，则五彩鲜明，同时端庄大方，绝不输任何成化斗彩，不禁让我怀疑起王士性所说的"宣窑五彩，堆垛深厚，而成窑用色浅淡，颇成画意，故宣不及成"。是否因为他及同代的文人，从未见过宣德宫廷使用的斗彩，未能想见其可以如此淡雅呢？所长很同意我的推测，指出宣德斗彩已经达到很高的水平，绝不在成化斗彩之下。

看了这许多御窑宝物，意犹未尽，跟所长说，来我们香港展览一下，也震撼震撼我们吧。所长面露微笑，说没问题，香港回归颇使我们震撼，我们景德镇也去震撼震撼香港吧。

元青花大展

自从"鬼谷子下山"这件元青花瓷器罐，2005年7月在英国伦敦佳士得拍卖，落槌时叫出1400万英镑，创造了中国艺术品的天价之后，"元青花"就成了家喻户晓的词语。人人争说元青花，市面上也大量出现元青花，甚至接二连三，有好些人声称拥有同样的"鬼谷子下山"瓷罐，要不要？人民币100万元？20万元？5万元，1万元，传世的，家里藏了好几代了，买了吧，好不好？

英国拍卖的1400万英镑，当时折合人民币，值2亿3000多万元，当然看得人眼红，中国的高仿市场也就跟着疯狂了一阵子，连夜赶制。不过，你虽然聪明绝世，人家也不笨，冷眼旁观了好几年，还是只有英国的那一件卖到2亿3000多万元。中国制造（已经是 Made in China 了）的，虽然乍看可以乱真，几年下来也就尘埃落定，在景德镇满街摆卖的"鬼谷子下山"，开价也就是人民币四五千元，讲讲价，两千也可以搞定。前年我去参观一个朋友的高仿厂房，看到架子上成排成溜的"鬼谷子下山"，少说也有上百件，不由惊叹鬼谷子果然道术高强，分身有术。朋友说，批发价嘛，两千可以了，在外面商铺里面，至少应该卖个三四千元一件，否则就没有利润了。

高仿的元青花虽然遍地都是，也都有模有样，令人惊艳，可是，精彩的真品却寥寥可数，基本上都藏在国内外的大博物馆中，轻易还见不到。这次上海博物馆办了个元青花大展，联系了国内的文博考古机构及世界各大博物馆30多家，展出近百件元青花珍品，真是洋洋大观。我刚好参加一个国际外销瓷研讨会，到了上海，也就欣逢盛事，赶上了开幕，观赏了这一批走遍世界各地美术馆还不一定看得着的稀世珍宝。

因为研究明代中期以后的青花外销瓷，当然对元青花这些青花老祖宗充满了敬意，有机会总要观赏一番，也对参展品多少有点认识。有不少展品是我邂逅过的老相识，在国内外的美术馆里见过面，打过招呼。可是，惭愧得很，这近百件展品中，只有一件是我曾经肌肤相亲，上过手的，其他物件都是可远观不可近玩，只能隔着玻璃窗柜说哈喽。我唯一上过手的这一件，是藏在镇江博物馆库房的青花云龙纹罐，主体纹饰是两条四爪行龙腾云驾雾，气势昂扬，似乎在天穹上兴云作雨。我当时拿在手上，轻轻爱抚，心中充满了柔情蜜意，居然十分不敬地想到了美人温润的胴体，神情恍惚之中感到青花瓷是如此滑腻如玉，如此超越了具象的实体，进入艺术想象的浪漫灵界。这次在上海博物馆再次相逢，看到镇江的云龙纹罐和其他的元青花一起，被封锁在玻璃柜中，周遭围着一群保安人员，如临大敌，心里不禁暗自得意。"人生自是有情痴，此恨不关风与月。"

上海元青花大展，让人大开眼界的，不仅是英国大维德中国艺术基金会所藏的"至正十一年铭青花云龙纹象耳瓶"、价值1400万英镑的"青花鬼谷子下山图罐"、日本出光美术馆的"青花昭君出塞图盖罐"、大阪市立东洋陶瓷美术馆的"青花鱼藻纹罐"等传世精品，还有我从来没见过的许许多多元青花，真是如行山阴道上，目不暇接。最令我流连不去的有两件，一是俄罗斯圣彼得堡艾尔米塔什博物馆（Hermitage，又译作隐士庐、冬宫）所藏的"青花缠枝莲花杂宝纹蒙古包"，二是江西省博物馆藏的"青花釉里红堆塑楼阁式人物谷仓"。那个青花蒙古包，呈半球形，下方开有门洞，形制独特，真是从未见过，而且全世界大概也就仅此一件。顶心的纹饰是大雁展翅，在朵朵祥云中飞翔。其余纹饰则分为四层，依次为：缠枝菊花、缠枝莲花、海涛纹、佛道杂宝纹，杂宝纹中居然还有个十字架纹，或许与当时的景教传布有关。青花釉彩极为鲜亮，同时还有积淀的黑斑，显然用的是伊斯兰世界传来的苏麻离青钴蓝。

江西省博物馆的那件釉里红谷仓，更是精彩绝伦。在青白釉为底的楼阁上点缀了釉里红，让屋檐、梁柱、栏杆显得十分灿烂抢眼，更突出了人物与乐伎的头顶与眉眼，使得整个场景多彩多姿、生动活泼。这件釉里红谷仓，是陪葬的明器，制作之精良令人叹为观止。仓门两侧用青料书写了一副对联，书法沉稳大方。上联是"禾黍丰而仓廪实"，下联是"子孙盛而福禄崇"，横批是"南山宝象庄五谷之仓"。此外，在左右侧壁还书写了"凌氏墓用"和"五谷仓所"。楼阁的背板上，还有159字的墓志铭，书法工整有力，字迹清晰，显然出自高手，写着："夫人故景德镇长芗书院山长凌庸山之孙女也。生而贤明，长而贞淑。适同郡扬州路召伯大使刘文史男炳文……"我去江西南昌多次，也认识省博物馆的馆长，却因为每次都是去大学讲学，无法抽身，没机会参观省博物馆，也就与这件器物缘悭一面。好在出现在上海的元青花大展，让我能够一饱眼福。

这次元青花大展，展品件件精彩，若要一一述说，可以讲上三天三夜。我从头到尾看了一遍，观之不足，又回去了几趟，沉浸在700年前巧工能匠的艺术创作之中，几乎流连忘返。

历史的吊诡

研究历史，时常遭遇的一个情况是文献不足，能掌握的只是些"断烂朝报"，无法拼凑出完整的历史图像。古人通过文字描述，记载人物事件，探讨社会经济与文化发展的情况，难免要掺杂个人主观的认识观点与角度，造成历史材料的片面性。我们能做的，只是尽可能搜集一切材料，通过比对分析，重新构筑历史图像，提供相对客观的人类历史经验。人们不可能完全理解自己的生活经历，更不可能知道自己生活时代中的点点滴滴究竟有哪些会对后代产生长期的巨大影响，有哪些当时的"自珍"会变成后世不屑一顾的"敝帚"，而做出清楚睿智的选择，详细记录人类历史的重要材料。

这种历史材料欠缺所造成的历史理解缺憾，也使得一些原本是研究文学理论的后现代理论家（如海登·怀特[Hayden White]）提出质疑，认为历史与文学差别不大，都是通过想象与虚构，对人类经验的文字叙述。其差别只在叙述的动机与角度不同，本质上是一类的货色。假如历史家硬要强调历史与文学不同，只不过是"五十步笑百步"，自欺欺人。对于这种极端性的理论，我不敢苟同，因为任何认识论一走极端，就无可理喻，就像是说：人类与狗类也没有什么差别，都是脊椎动物，都一样要吃喝拉撒睡，都一样有生老病死。所以，人就是狗，狗就是人，后现代理论家的母亲就是母狗，等等。但是，后现代理论家的确提醒我们注意，历史资料、历史写作、历史事实、历史理解、历史意义之间，有着很大的断裂与缝隙，有着相当吊诡的关系，不可能直接画上等号。

比如说，瓷器的发明与使用，绝对是中华文明对人类的伟大贡献，也是物质文明扩散在全球历史发展中的无比大事，比帝王将相的家世与家史要重要得多。但是，我们有连篇累牍的帝王将相历史资料，甚至知道每一个开国皇帝是不是跟他父亲吵过架，是不是用木桶打了井水洗澡，却不知道瓷器最初是何人（who）发明的，是在何时（when）发明的，在何地（where）发明的，是如何（how）发明的。我们学历史，到底在学些什么（这可算是个 what）？

我们还时常夸耀中国的"四大发明"：指南针、火药、造纸术、印刷术，如何对人类做出伟大贡献。其实，仔细想想，指南针与火药为人类带来了什么好处？为中国及世界的人们贡献了什么？早期大力推崇中国三大发明（指南针、火药、印刷术）的培根（Francis Bacon，1561—1626 年），显然是从西方历史发展的角度来看这些"新生事物"，它们为西欧崛起与拓展带来了莫大的好处，对欧洲殖民全球提供了最"给力"的工具。中国人是什么时候开始夸耀"四大发明"的？我没有进行过研究，推想总是清末民初接触了培根的说法之后，听到洋人夸赞就飘飘然，大讲特讲，以至于妇孺皆知，编入教科书不说，还不断向外国人宣传中国科技文明古已有之，为人类科学发展提供了基础。提供了什么基础？战争科技发达的基础？帝国主义侵略殖民的基础？我们为什么不夸耀中国人发明了瓷器，给人类的日常生活提供了清洁卫生、实用便利的工具，改善了人类生活的质量？难道这不是中国的一大发明？仔细想想，这一大发明，是不涉及战争硝烟与屠杀流血的，是不涉及攻城略地与奴役殖民的。当我们探讨历史理解，探讨历史意义，难道不应该重新审视瓷器的重要性，不应该把瓷器放在指南针与火药之上吗？我们难道希望人类后代的历史认识，是重战争轻和平，鼓励杀人放火、掠夺资源，反对改善民生、重视民瘼吗？或许我在此强调对比，有人会觉得我在颠覆"四大发明"的历史地位，不能谨守历史的客观性，做出过度夸张的陈述。不过，我相信大多数人能够理解我的意思，不会反对我提出瓷器的重要性，及其引发的历史意义的吊诡性质。

近 10 年来，我一直带着几位青年学者研究陶瓷，进行"陶瓷下西洋"计划，研究中国历代瓷器外销的情况，想摸清楚外销瓷器的规模、类型、产地、在国内的运销路线、合法与走私出海的港口、海上运销的路线、停泊的中转站、最后的目的地，以及当地使用瓷器的方式。促使我研究这个项目的动机，跟上述的历史意义思考有关。首先，就是文献资料缺乏，过去的文字记录零零星星，历史记载很少，也完全不重视，不知道瓷器的发明、运销、使用的全球化历程，有什么历史意义。其次，当然是因为考古材料的出现，可补文献资料的不足，让我有足够的实物资料，重新审视瓷器作为物质文明载体的意义。全中国大量瓷窑的发掘，世界各地水下沉船考古的发现，使得瓷器作为历史文物以及历史研究的基本材料，成批成批地浮现在我们历史认知的模糊领域。

许多人收藏瓷器，是当古董珍品来把玩的，我却喜爱抚摸散布在世界各地、从瓷窑或海底发掘的残破瓷片，从中看到比较完整的历史画面，看到它们从中国随着海洋的波涛，扩散到世界各地后，人们是如何带着欢欣的笑容，使用中华文化的伟大发明，改善了他们的日常生活的。

天下第一蒙顶茶

　　四川雅安发生7级地震，震区包括附近的几个县，如芦山、宝兴、名山等。灾情十分严重，令人揪心。各地热切支援赈灾，纷纷奔赴灾区，有钱出钱，有力出力，发挥人道关怀精神，也相当令人感动。雅安地区我没去过，但却相当熟悉，因为探索唐宋时期茶道发展与品茶时尚时，研究过名山县（今名山区）附近的蒙顶山。蒙顶山又称蒙山，并不太高，大约1000多米，在唐宋时期以产茶闻名，属于成都平原通向青藏高原，由平壤升为高原的第一层阶梯山脉。它在地质构造上相当重要，可能就是青藏高原板块与成都平原接壤的关键要冲，是地震频繁发生的地带。上次汶川地震，就曾波及蒙山，震坏了一些明清古建筑。这次的震灾更为严重，地震的震中在芦山，与蒙顶山景区直线距离仅 10 多公里，听说山上的明清古迹，包括著名的明代石麒麟，全部倒塌，无一幸免。

清代《名山县志》说在蒙山，仰则天风高畅，万象萧瑟，俯则羌水环流，众山罗绕。蒙山的茶畦杉径，异石奇花，足称名胜。引用旧县志，说蒙山满布茶园与杉树，风光宜人，是风景名胜，而且还有茶产。是不是说，蒙山风光优胜，满山茶畦，都是古代的事？到了清朝，除了青山依旧，物产景象已经今不如昔、大不相同了？我不禁联想翩翩，从清朝飞跃到唐朝，想到杜甫卜居成都时写的一首绝句："两个黄鹂鸣翠柳，一行白鹭上青天。窗含西岭千秋雪，门泊东吴万里船。"杜甫隔窗看到的"西岭"，若是描写实景，说的真是覆盖了冰雪永冻的"千秋雪"，那一定是接连青藏高原的西岭雪山，而非有些学者以为的秦岭。随着杜甫想象的视线投射出去，就是沿着汶川、西岭、邛崃、蒙山一脉西向，从窗口遥想到昆仑山脉的千秋积雪。杜甫生活在盛唐末期，饮茶习惯已经流行全国，应该是知道蒙山产茶的，因为唐代剑南道的雅州（今天的雅安地区）是产茶名区，而当地曾经出产过的名闻天下的蒙顶茶，是上贡朝廷的珍贵贡品。在唐宋时期，说到品茶的极致，曾经流行一句谚语："扬子江心水，蒙山顶上茶。"也就是说，天下第一泉是扬子江心的中泠泉，天下第一茶则是蒙山顶上的蒙顶茶。

蒙顶茶号称天下第一，是唐宋时期的故实，到了明代，早就风水轮流转，完全没落，甚至被人遗忘了。关于蒙顶茶的没落以至于消失，我收录于《中国茶书》中的《茶疏》一文说得很清楚："古今论茶，必首蒙顶。蒙顶山，蜀雅州山也，往常产，今不复有。即有之，彼中夷人专之，不复出山。蜀中尚不得，何能至中原、江南也。"其实，蜀茶退出上层社会精致品茶的舞台，在宋朝就已经开始，最高等级的贡茶逐渐移到江南与福建地区，不再以蜀地为主要产地。蒙顶茶的名声还能继续流播，至少到明代还有茶书提到，倒要感谢唐宋文人墨客的揄扬，留下一大批赞颂蒙顶茶的诗歌，让后人在诵读之余，还能在品味的想象世界里，寻觅古人审美追求的记忆。

唐代李吉甫《元和郡县图志》（中华书局，1983年版）说："……严道县（在今天雅安一带）。蒙山，在县南一十里，今每岁贡茶，为蜀之最。"陆羽《茶经》记述全国茶叶产地，也特别提到剑南道的雅州，指出名山地区产茶，不过，他并没有讨论蒙山茶的质量好坏。倒是李肇写的《唐国史补》，列举天下名茶，举出蒙顶茶是天下第一："风俗贵茶，茶之名品益众。剑南有蒙顶石花，或小方，或散芽，号为第一。湖州有顾渚之紫笋，东川有神泉小团、昌明兽目。"至于诗人盛赞蒙顶茶的，更是不胜枚举，这里简单举几个例子，以见一斑。白居易晚年写过一首《琴茶》："兀兀寄形群动内，陶陶任性一生间。自抛官后春多醉，不读书来老更闲。琴里知闻唯渌水，茶中故旧是蒙山。穷通行止长相伴，谁道吾今无往还。"道出退休之后闲居的乐趣，喝酒发呆，弹琴饮茶，过起无忧无虑的神仙生活，饮的就是蒙顶茶。

韦处厚有一首《茶岭》："顾渚吴商绝，蒙山蜀信稀。千丛因此始，含露紫英肥。"说的是顾渚茶与蒙山茶都是稀有珍品，连茶商都无法得手，令人空自欣羡。想到茶山上一片茂密的新茶，肥嫩的紫芽含着露水，不禁神往。孟郊也写过一首《凭周况先辈于朝贤乞茶》，想得点蒙顶好茶喝喝，却又无缘到手，只好托人去乞讨："道意勿乏味，心绪病无悰。

蒙茗玉花尽，越瓯荷叶空。锦水有鲜色，蜀山饶芳丛。云根才剪绿，印缝已霏红。曾向贵人得，最将诗叟同。幸为乞寄来，救此病劣躬。"穷酸诗人穷讲究，喝茶要喝蒙顶茶，茶具要用秘色瓷（越瓯）。自己没本事得到，只好向有权有势的大佬们乞讨，说得十分可怜。都说孟郊诗苦，读孟郊乞茶诗，不用喝茶，就已经尝到了苦味。有趣的是，他还苦得有品位，要品尝极品的苦味，要喝蒙顶茶。

从明清以至于近代，蒙顶茶的光辉早已消失殆尽，很少人听说过唐宋时期誉为"蒙顶第一，顾渚第二"的极品贡茶了。说到高档茶叶，21世纪的新新人类一般只知道龙井、碧螺春、茉莉香片、乌龙、普洱。接触过太平猴魁、武夷岩茶大红袍、冻顶乌龙、凤凰单枞的人，都已经自封为品茶评茶的专家，穿起对襟盘扣的唐装，在电视饮食节目上指点江山了。

蒙顶茶当今的处境如何呢？遭受了地震的摧残，蒙山还能出产上等茶叶吗？

因为关心雅安地震，看到了一条雅安地方的新闻评论，谈论蒙顶茶的复兴，说是千载难逢的机遇终于来临。读到这条新闻，我大吃一惊，才知道有些思维是如何超前、如何积极向上，充满了乐观精神，排除万难，不怕牺牲，去争取胜利。评论是这么说的："如果不是今年'4·20'雅安大地震，雅安的蒙顶山茶还依旧是鲜为人知的平凡茶叶。……这次大地震给雅安人民带来重大损失，蒙顶山茶产区虽然也受到大地震的破坏，但不幸中的万幸，是蒙顶山茶在大地震中一夜成名，许多往日不曾听说蒙顶山茶的人，也通过媒体对灾区的报道而得知蒙顶山茶。"

1958 年毛泽东主席在中央的"成都会议"品尝了蒙顶茶后，曾提出了"蒙山茶要发展，要和群众见面"的重要指示，只是没有后续行动。而如今，蒙顶茶能否复兴，能否重登天下第一茶的宝座，只能拭目以待。

武夷山水

　　20多年前，我组织了一帮研究历史文化的朋友，到武夷山考察。计划是想一举三得，首先考察宋代以来蜚声海内外的建窑黑釉瓷，特别是日本茶道讹称为"天目"的茶碗；其次是探索福建茶近千年的变化轨迹，从宋代建安贡茶的兴衰，如何发展到近代的武夷岩茶；再次是调查明代出版业是在什么样的穷山僻壤发展起来的，居然盛极一时，尽管刊印的质量低劣，却成为全国首屈一指的印刷中心。那时的武夷山有个机场，似乎只是军用，任务是密切注意台海风云。我们从厦门出发，打听了一下，像我们这种学术考察，与国防根本沾不上边，不可能像现在这样，买了机票，就可以好整以暇，飞进武夷山。只能先乘鹰厦铁路到南平，再由南平乘汽车到武夷山。带路的是厦门大学的陈支平教授，同行的有台湾大学的徐泓、石守谦、王芝芝等，人人都兴致勃勃，一心想要饱览武夷山水风光。

那一路的辛苦且不去说他，倒是见识了祖国人民改天换地的本事，也真切体会了"为有牺牲多壮志，敢教日月换新天"的含义。从南平到武夷山，全程260多公里，正在修一条高速公路，奠筑路基。漫山遍野都是民工，每个人手里一把榔头，把大石头敲成碎石颗粒，以"蚂蚁啃骨头"的人海战术，征服自然。我们当然也就"造次必于是，颠沛必于是"，一路颠啊颠的，颠到了武夷山，那经历真是没齿难忘。

考察的结果，虽然跟预想的不尽相同，总算是有点收获。让我们真正大开眼界、不虚此行的，却是饱览武夷山水之秀丽，以及九曲竹筏的泛流之乐。那时我们还年轻，泛舟之余，还要攀山越岭，穿过一线天，越过水帘洞。看了茶洞还不足，还翻过几个山头，去探望九龙窠里的那棵大红袍。我记得很清楚，那时的大红袍茶树，贴着山崖生长，只有两株，一高一矮，像是威武的将军带着随从，在山边眺望战场。山崖下面是一片平地，种满了茶树，看管的茶农告诉我们说，这是小红袍，是由大红袍树上接枝过来的，外面人喝的大红袍就是从这些树上采摘的。山边有一间简陋的茶寮，给监守任务的茶农休息之用，他请我们进去，沏茶享客，要了3块钱，让我们好好品尝了一番武夷岩茶的滋味。随后我与支平攀爬了悬崖壁立的接笋峰，再与大家会合，一起攀登了天游峰，俯瞰九曲溪水盘旋，真是尽一日登山之乐。

最近因为考察朱熹在婺源、铅山、武夷地区的遗迹，再次造访武夷山。只有半天的时间，根本不可能游山玩水，只去探访了朱熹的武夷精舍遗址以及武夷宫。这个武夷宫的历史很悠久，是祭祀仙人武夷君的，至少可以上溯到唐朝之前，有过不同的名称，叫"武夷观""会仙观"，到了宋代定名为"冲佑观"，朱熹还曾担任过此观的主管，写过诗文吟咏叙述。元代改称"万年宫"，明朝以后就混着称呼，随便乱叫了。此次考察颇感遗憾，因为没见到古代的遗存，只有新建的假古迹，不伦不类的，看了令人赧然。

回到香港，吴继远先生请我去看他新收的古瓷，其中有10个武夷地区遇林亭窑的描金黑釉茶碗。有4个在碗心画了武夷山水，并在碗沿书写了朱熹的《九曲棹歌》，本来应该是 10 个一套的。拿起一只书写序诗的茶碗，仔细观看，果然诗句清晰完整："武夷山上有仙灵，山下寒流曲曲清。欲识个中奇绝处，棹歌闲听两三声。"再看山水图画，居中是崔嵬的宫殿建筑，下面有 2 个字"佑人"。我凝神谛观，发现"佑"字上面，隐隐约约有个"冲"字，而"人"字上面磨损之处也应该有个字，于是，告诉吴先生，画中的宫殿建筑一定是"冲佑观"，而这 4 个字应当是朱熹文章中提到的"冲佑羽人"或"冲佑仙人"。

吴先生大吃一惊，没想到我拿起第一只碗，才上手，就看出了关键端倪。我也乐不可支，没想到回到香港，居然在一只茶碗的武夷山水里，看到了朱熹时代古迹的图像。

岳麓书院

岳麓书院地处长沙城郊的岳麓山下，自宋代以来，就是士大夫学人荟萃，教学相长的道场，培养出一代又一代社会精英，传承中国文化，弘扬儒家思想，声名赫赫，被誉为中国古代四大书院之一。我从小在台湾读书，想到1000年前，就有学者汇聚在湖南长沙（古名潭州），在湘江河畔的岳麓山脚，穷理尽性，格物致知，探讨生命意义，海阔天空，鸢飞鱼跃，总是十分神往。有时突发奇想，希望能够穿越时空，坐在书院一隅，冥想白云拂过书院的檐角，就有天女出来散花，洒落铺天盖地的灵思。然后就看到智者们挥舞宽袍大袖，风动云扬，辩论出深邃的思想火花。

1976年夏天我和一众"保钓"朋友回大陆参观，途经长沙，统战部门的接待人员带我们参观了湖南博物馆，看了马王堆出土的老太太，看了长沙第一师范，参观了清水塘的中共湘区委员会旧址，还参观了一个岳麓渔场，说是知识青年下乡劳动锻炼的好学校。我问说，有个岳麓书院，是否也在附近？可否前去瞻仰？陪同说，书院是有，就在岳麓山脚，正在整修呢，无法参观。不过，岳麓山风景绝佳，有山径可以登山，山腰有著名的爱晚亭，是当年毛主席与蔡和森等革命青年聚集的地方，值得一看。山不在高，有仙则灵，在山巅俯瞰长沙城，还可以看到湘江北去，景色十分优美。于是，我第一次去长沙，登了岳麓山，在爱晚亭小憩，听森森苍翠之中传出金石铿锵的蝉鸣，可是无缘造访岳麓书院。

一晃就是40年，心里还惦记着岳麓书院。这次去长沙，跟朋友说好，上次已经去过所有的红色爱国主义教育基地，橘子洲头也去过，这次就免了。有两个地方是想去的，一是长沙铜官窑国家考古遗址公园，二是岳麓书院。朋友说，好办好办，都不远，铜官窑车程不到1个小时，而岳麓书院就在湖南大学后面，过了河就到。

到达岳麓书院的时候，前门台阶上站着一排身穿学士袍的女学生，正在留下毕业时刻的青春情影。买票进了前门，院内是座颇有气派的古建筑，正对着书院的大门，形制像庙前酬神的古戏台，却当然不是唱戏的所在，否则岂不有辱斯文。原来这座建筑名赫曦台，是纪念朱熹与张栻在岳麓山巅论学而建，本来是在山顶的，可以望见赫赫晨曦，也象征儒学光芒万丈，后来被书院的山长移建于此，当然是有"显摆"的作用，让你还没进入大门，就先威慑于儒学传统的赫赫光芒。书院大门的建筑十分平实，但却气象万千，首先是门匾的4个楷书大字"岳麓书院"，据说是宋真宗亲题，风格端正厚重，倒真有皇家气派。两旁的楹联，气吞河岳，口气不小："惟楚有才，于斯为盛。"有点湖南人的骡子脾气，硬是天王老子都不怕，自我感觉十分好。

岳麓书院虽然屡经战火，多番重建，已经不是宋元旧制，但还保留了明清建制的规模，有藏书楼，有讲堂，有宿舍，有花园轩厅，有小桥流水，恢宏整齐，令人肃然起敬。我不禁想起曾经在此读书的曾国藩，带领湘军，跟太平军作战，屡屡遭到败绩，上报朝廷的奏折原来写着"屡战屡败"，被师爷改动字序，变成"屡败屡战"，显示了百折不挠的精神。岳麓书院是湖南儒学的象征，是一块文化的磐石，也反映了湖南人的韧劲。天色渐晚，我离开书院，感到十分惬意。

鹅湖书院

眼前就是鹅湖书院的外墙，粉墙有点斑驳，好像蕴藏了什么历史的秘密，不经意从墙缝渗透出一种庄重的气氛。春初的晴空寥远而清澈，阳光温煦，照耀着耸出墙头的树丛，轻轻抚慰新发的嫩绿树芽。入口是个圆拱门，上方架着檐角飞翘的黑瓦门楼，像遮阳棚那样，保护着门框上的4个大字：鹅湖书院。

来到这里，还真费了点工夫。一大早我们从婺源出发，乘一辆箱型巴士，在高速公路上开了3个多小时，还走错了一个交流道，总算开到了铅山出口。等在出口的朋友驾着他的阿尔法·罗密欧轿车，忙不迭打了招呼，就说先参观书院再吃饭吧。然后一路带着我们在乡野中绕行，路边油菜花黄艳艳的，在风中摇曳，景色十分优美，也就忘了早已饥肠辘辘。开了近半个钟头，终于抵达目的地。车停下来，看到一片伸延到山边的粉墙，像是佛寺丛林，又像大户人家的庄园。朋友说，到了到了。这才知道，书院竟然远离人境，隐藏在丘陵地带的山麓。

我没想到此地竟是如此安静，远近没有人迹，时间似乎停顿了，凝固在过去。心里十分疑惑，这不是名闻遐迩的鹅湖书院吗？不是中国思想史上的重大地标，朱熹与陆九渊论辩道学的地方，响当当的古代四大书院之一，全国重点文物保护单位吗？在这样春和景明的时节，居然阒寂无人，没有任何游客前来瞻仰，不是有点奇怪吗？朋友说，我们铅山这地方偏僻，平常不会有外边人前来观光游览的，鹅湖书院又地处荒郊，不好找，所以总是很安静的。安静点也好，不会骚扰先贤讲学慕道的圣地，留一片净土，让我们心灵得以自由徜徉。

穿过门楼走入书院，是一条近百米长的石板路，右侧才是书院的正门。正门后面有宽敞的院落，有青石牌坊，有泮池，左右有两座碑亭，后面还有三四进屋宇，有仪门，有讲堂，有书楼，有宿舍，占地十分广阔。平心而论，鹅湖书院作为古迹，保存得相当好，而且大体上符合《威尼斯宪章》"修旧如旧"的规矩，没有加盖任何壮观的建筑，平和冲淡，古意犹存，给人一种祥和谦逊的感觉。朋友说，书院基本保持了清代重修的风格，院落中青石牌坊上，正面是"斯文宗主"，背面是"继往开来"，几个大字有点气势，都是道光年间铅山县令书写的。泮池与跨越池上的石拱桥还是明代的遗物，连护栏的石雕都保持良好，实在不容易。书院从南宋到清代，历经兵燹兴废，见证过各种沧桑风雨，能大体保留旧貌，存活到今天，也是个异数。

我们是为了瞻仰朱陆异同之辩的场地，才千里迢迢来到鹅湖书院。走过一进进屋宇，想到当年因为吕祖谦的撮合，朱熹带着弟子与陆九渊、陆九龄兄弟在此论辩学问之道，一方强调"格物致知"，另一方强调"发明本心"，居然会闹得不欢而散，成了中国思想史上"理学"与"心学"抗衡的一大公案，不禁觉得好笑，原来古代大儒论辩学问，也会出现意气之争。

离开书院之前，我们集合在泮池之前，拍了一张合照。我想起朱熹一首脍炙人口的绝句："胜日寻芳泗水滨，无边光景一时新。等闲识得东风面，万紫千红总是春。"

扬州行脚

梅花岭上

在扬州带学生考察期间，老徐问我们，要不要去参观考察项目之外的景点，像扬州八怪纪念馆、天宁寺、御马头、盐商卢家大宅、道台府等处，大家都说好，就出发了。扬州八怪纪念馆很令人失望，除了强调扬州八怪其实不止 8 人，一共有 15 位书画家之外，实在没什么看头。陈列馆里连一张真迹都没有，全是复制品，心想，还不如回家翻翻扬州八怪画册呢。纪念馆倒是古建筑活化，原址是明代兴建的西方寺，保护得不错。金农晚年寄居寺后偏院，保留作"金农寄居室"，是一个安静小院落，简单清雅，很像绍兴纪念徐文长的青藤书屋，可以想象当年金农挥毫写字作画的情景。不禁和朋友说，何不称作"金农纪念馆"，不是更名副其实吗？老徐大笑，说你真是书呆子气，不合时宜啊。你想想，要是申请修建金农纪念馆，上头会让你保存这片寺庙古迹，会批款给你修建吗？打出扬州八怪，名头响多了，领导也就觉得与有荣焉，面上有光，才肯保护文物古迹，建起八怪纪念馆。照你那想法，八成会让领导眉头一皱、嘴角一撇，问说金农是谁啊？有什么爱国主义的意义啊？干吗给他盖纪念馆？

参观天宁寺、御马头，发现都已经观光化了。天宁寺成了古董铺子大杂院，因为不是周末，没有几个游人，还算宁静。御马头则停靠着五彩斑斓的游船，每条船上都顶着象征皇帝御驾的黄龙，等着观光客来过过皇帝游河的瘾。岸边有座御碑亭，中立御碑一块，上书"御马头"（原字如此）3个字，旁款"清乾隆二十一年建"。这块御碑十分蹊跷，3个大字是颜体，颇有气势，却不是康熙或乾隆的御笔，也与清代历朝皇帝的字体完全不同。想来是地方官绅以模棱手段立碑建亭，讨好皇上，民间稀里糊涂称之为御碑，也就有了御碑亭。附近就是梅花岭，老徐问要不要进去看看，我说这是史可法祠墓，当然得进去致敬。

　　大约20年前，南京大学的茅家琦教授曾专程带我来扬州，游览瘦西湖，拜观史公祠。时间应该是孟夏，但是我记忆中的梅花岭却冷肃凄清，像是秋冬景象，不知是天气转凉，还是心理因素的影响，总之印象深刻。祠中供奉史可法像，祠后是衣冠冢，令人感慨唏嘘，也令人肃然起敬。史公祠不大，院落里有几棵参天古木，守护着一代英灵。我们走到祠后的封土墓前，深深三鞠躬。想到扬州十日，史可法殉国，连尸骸都不知散落天壤何方，只存衣冠深埋，却深深埋在历史记忆中，一代一代传递着后人的景仰之情。

　　又站在史公祠前，发现立了一块新的水泥碑，上书"全国重点文物保护单位：史可法祠墓。时代：清。中华人民共和国国务院，2013年3月5日公布。江苏省人民政府立"。进入庭院，觉得院落修葺一新，仍然保有肃穆之气。祠堂上书"飨堂"二字，是陆俨少"戊辰（1988年）七月"所题。旁边有副对联，是清代张尔荩所撰："数点梅花亡国泪，二分明月故臣心。"史可法壮烈殉国，抗清而死，当然会激起人们反清复明的念头，因此清朝官方对纪念史可法有所忌讳。一直到乾隆年间，天下大定，清朝再也没有"复明"的威胁，开始大力提倡忠君殉节，才建起史公祠。

中学读过全祖望的《梅花岭记》，说史可法在扬州抵抗清兵，知道大势已去，决心殉国。但在城破仓皇之际，想要拔刀自裁，却被诸将"争前抱持之"，后被清兵俘虏，大骂而死。留下遗言："我死，当葬梅花岭上。"扬州城破之后，清兵屠城 10 日，史可法尸骨无存，后人以衣冠葬之梅花岭。我有一位过世的朋友，写《南明史》，下了大功夫，资料富赡，却把明朝覆亡怪到史可法头上。说史可法是一介书生，没有带兵打仗的本领，又身为东阁大学士，无法控制政局，只会"一死以报君"，难辞误国之咎。亡友写历史，臧否人物，千秋功罪，只看是否打胜仗，未免太过功利。

梅花岭上吊孤忠，我们景仰的是史可法的气节与人格。

扬州东关街

带着学生考察扬州文化古迹的时候，老徐安排了个园与东关街，说是方便体会传统社会不同阶层的生活空间。个园是缙绅大户的私家园林，徜徉在亭台楼阁、假山池塘之中，可以怀想，当年主人宴客，必定是踌躇志满，指着花窗外的荷池，告诉宾客，莲蓬成熟之时，一定还得再来赏光，让丫鬟们剥下新鲜的莲子，尝尝那齿颊之间弥漫不去的清香。现在的个园，挤满了观光客，大呼小叫的，好像乡下人赶集似的，毫无清雅之趣。

出了个园的高墙大院，离开了孕育琴棋书画的高雅氛围，一墙之隔，就是热闹的东关街，是近几年恢复的历史街区，处心积虑地"修旧如旧"，想要呈现过去市井小民的生活环境。不过，眼前灰瓦青砖的老式店铺街屋，多数都是重新规划的仿古建筑，并不符合《威尼斯宪法》"修旧如旧"的原则。老街上熙来攘往，游览购物的人闲逛着，让人觉得走进了老扬州主题公园。卖传统小吃、纪念品与伴手礼的铺子，鳞次栉比，间隔穿插着酒吧与咖啡屋，已经成了招徕观光客的"文创"街区了。其实，这条东关街在康熙乾隆年间要气派得多，原本有许多盐商大宅，以及荟萃了文人雅士的居所，除了个园（前身是寿芝园）之外，还有更为辉煌的小玲珑山馆、百尺梧桐阁、约园、逸圃等。

走在东关街上，在一条巷口的墙上，看到一块毫不起眼的牌子，幽暗而且落寞，上书"街南书屋"，下面有这么一段介绍："康乾年间，安徽祁门人马曰琯、马曰璐兄弟业盐于扬州，建街南书屋别墅，内有小玲珑山馆、看山楼、红药阶、七峰草堂、透风漏月两明轩等十二景，藏书十余万卷，甲于东南。清廷编纂《四库全书》，马家献书七百七十六种。"马家兄弟是爱好斯文的盐商，不只是藏书丰富，也喜欢结交文人墨客以及书画名家。扬州八怪中的汪士慎、郑板桥、金农、高翔、高凤翰等人，都曾是马家的座上客，受到礼遇与接济。郑板桥晚年曾经寓居在小玲珑山馆，并且题写了一副对联："咬定几句有用书，可忘饮食；养成数竿新生竹，直似儿孙。"既是自况，也是赞扬马氏兄弟佑文的清誉。嘉庆年间，马家已经败落，小玲珑山馆也只剩残破的废址，让前来寻访的梁章巨唏嘘不止。

青木正儿在1922年走访扬州，特别前来探寻小玲珑山馆，他见到的东关街景象是残破而凄清的。在他的《江南春》一书中，他这样写下令人发怵的观感："寡妇一样的扬州，好像洗去铅华的老女人的脸一样灰色的街道，无疑从前的墙壁是涂了白垩的，现在却暴露出灰色的破砖，摇摇欲坠，使人觉得不安。"在一个古董店店主的带领下，他在东关街的巷子深处，找到了小玲珑山馆的废墟。古董店店主指着一块地面凹处说，那是小玲珑山馆的北石墙根，又指着另一块稍大的凹处说，那是玲珑石假山的遗迹，让青木正儿感到无限酸楚，写下了这一段感慨："我在这灰色的街中，去了一家更加灰色的地方。那里不规则地坐落着一些小平房，砖壁好像一触即倒，小窗户阴森森的，中间有一大块空地，我就站在了那里。土地是灰忽忽的，虽然正值春季，那里却寸草不生。地面有一些倾斜，凹处堆积着碎砖乱瓦，映入眼帘的全是冰冷的颜色和荒凉的线条。但是在我的记忆中，这里应该是非常明媚的，因为我徘徊的这个地方正是乾隆文艺史上不可忽视的小玲珑山馆的废墟。"

在东关街上，我一路看到许多指示古迹的牌匾。如臣止马桥（讹称陈芝麻桥），是明正德皇帝下江南，百官下马迎驾的码头；如武当行宫、二郎庙南巷，都是明代的遗迹，却连一砖一瓦的痕迹都找不到了。昔日风光，杳如黄鹤，白云千载，乡关何处。

突然发现了一家酒坊，专卖自家酿的酒，有白酒、米酒、青梅酒、杨梅酒，不一而足。我问有甜酒酿吗，答曰，酿了一缸，只剩缸底了。喝了一碗，香甜浓郁，不由联想到苏东坡说的"扬州云液却如酥"，让主人舀干了缸底，喝得晕陶陶的，才离开了东关街。

瘦西湖

到扬州，总要循着当年乾隆皇帝的踪迹，游览瘦西湖，沿着长堤柳径，进入"春风十里扬州路"的情景。20年来，我一共去过扬州3次，也就三进瘦西湖。总觉得瘦西湖这名称有点奇怪，却也有趣，让人联想到杭州西湖，想到苏东坡说的"若把西湖比西子，浓妆淡抹总相宜"，美是美，却原来是个丰腴的胖女人。现代人偏爱苗条袅娜的女士，扬州的瘦西湖也就时尚得很，可以媲美天桥上走着猫步的模特儿。

其实，瘦西湖之所以瘦，因为它本来不是湖，是一条水面广袤的河流，蜿蜒流过扬州的西北郊。在隋唐期间，这条河道原本是扬州城的护城河，也兼有泄洪的作用。经过了六朝金粉的熏陶，隋代统一天下，扬州早已是东南富庶繁华之地，隋炀帝征发数百万民工，修筑大运河，从中原地区的洛阳，可以直通扬州，并从此连接江南水道，抵达杭州西湖，让君王免于陆路跋涉的颠簸，尽情享受水波荡漾的乐趣，饱览江南的风光云霞。民间传说故事，让人记忆深刻难忘的，是隋炀帝荒淫无道，穷奢极欲，乘坐豪华的龙舟，让美丽的宫女在运河两岸拉着纤绳，唱着柔腻的靡靡曲调，一路游赏到扬州，也玩尽了大隋帝国的命运与自己的生命。唐代诗人皮日休写过一首诗，批评隋炀帝开凿运河以供玩赏的奢靡，像天公在赌盘中随意掷出一颗骰子，造就了大运河这样伟大的公共工程，令人感慨历史意义的翻覆，实在难以轻易得知："尽道隋亡为此河，至今千里赖通波。若无水殿龙舟事，共禹论功不较多。"顾炎武在《天下郡国利病书》中也说："为后世开万世之利，可谓不仁而有功者矣。"乾隆下江南，其风光之奢靡绝不下于隋炀帝，盐商为了讨好皇帝老子，沿河营建了虹桥、白塔、五亭桥等二十四景，奠定了今天瘦西湖风景的规模。钱塘诗人汪沆从杭州来到扬州游览，不禁大发诗兴，对比了家乡的西湖："垂杨不断接残芜，雁齿红桥俨画图。也是销金一锅子，故应唤作瘦西湖。"联系起大运河的历史意义，瘦西湖的美丽风光，也多少分享了"不仁而有功"之誉。

扬州的繁华形象，在唐诗中表现得淋漓尽致，深深刻在中国人的心版之上。李白的诗中就有"故人西辞黄鹤楼，烟花三月下扬州"的名句。杜荀鹤有诗："见说西川景物繁，维扬景物胜西川。"也就是《资治通鉴》所说的："扬州富庶甲天下，时人称扬一益二。"晚唐的杜牧游荡于扬州风月，写出一大批至今还脍炙人口的诗句，如"十年一觉扬州梦，赢得青楼薄幸名""二十四桥明月夜，玉人何处教吹箫"。这种唐诗想象所铸造的扬州奢靡形象，其实在南朝时期就已经广为流传。南朝梁代殷芸所撰写的《小说》，有这么一个故事："有客相从，各言所志：或愿为扬州刺史，或愿多赀财，或愿骑鹤上升。其一人曰：'腰缠十万贯，骑鹤上扬州。'欲兼三者。"富贵荣华到了极致的人生目标，是要在扬州实现的。

我和学生们荡舟在瘦西湖上，上下千年，跟他们讲古。同学们说，时代变了，现在是腰缠 10 亿欧元，乘着私人飞机，到拉斯维加斯去挥霍。

常州行脚

常州菜

中国民俗学会到常州去考察非遗，重点是常州烹饪的文化传承，邀请我参加点评。我跟邀请的朋友说，常州菜在中国烹饪系统中似乎有点冷僻，过去没机会吃到，实在说不出什么名堂，要我点评，总得先品尝了滋味，才有话说。主办的朋友说，不急不急，早已安排好了，过来住两天，每天早中晚，从早点到晚宴，都安排了地道菜肴与小吃，让你吃个够。

常州在镇江与无锡之间，属于江南吴语地区。翻开地图看看，处于南京、扬州、苏州的大江南生活圈当中，生活饮食习惯受到扬州与苏州文化风俗的影响。扬州菜属于淮扬菜系，有北方色彩，稍稍偏咸；苏州菜则是江南典型，口味软糯，偏甜。夹在当中的常州菜，取其中庸之道，甜咸兼有，而且多以河鲜与湖鲜为食材，可以烹制出一些清淡鲜美的菜式。我久闻天目湖砂锅鱼头是道常州名菜，却一直无缘品尝，不知道与大路货的砂锅鱼头有什么差别，是否真的与众不同、出类拔萃，这一次到常州，总要亲口品尝，验明正身才是。

问主办的朋友，这次可以吃到什么特别出色的地道菜肴？他说，常州传统菜式，有糟扣肉、网油卷、糖蹄、甜饭等等，不过，我们这次的重点是河鲜与湖鲜，所以一定会品尝清炒虾仁、太湖三白。你向往的天目湖砂锅鱼头，我已经安排了，不必担心。还会让你吃到河鲜佛跳墙与红烧河豚，不错吧？听他讲到河豚，不由得想到苏东坡的《惠崇春江晚景》诗："竹外桃花三两枝，春江水暖鸭先知。蒌蒿满地芦芽短，正是河豚欲上时。"清明时节是河豚产卵的季节，由大海溯江而上，正是最肥美的时候。不过，河豚有毒，特别是内脏部分，吃了处理不当的河豚，会出现神经麻痹的症状，所以老饕有"舍命吃河豚""拼死吃河豚"的说法。听说过去的渔户每年到了清明时节，都向地主奉上亲自调制的河豚，自己得先尝一口，以示处理得当，不会中毒。想来江南地区烹制河豚，从苏东坡时代算起，也有上千年的历史，年年都吃，必定是有传承可靠的手艺，可以列入非物质文化传承之林。

因为在台湾讲学，晚了一天抵达常州，与会的非遗专家们已经尝了一轮地方美食，心满意足，不断向我炫耀，说吃得真是好，光是热菜就有 20 道，还不说那令人垂涎的 8 道冷菜呢，你没赶上，真是遗憾啊。我只好说，没关系，下一顿还有呢。

那下一顿去了一家著名的餐厅，掌厨的是位国家一级厨师，得过不少大奖的。一上来也是 8 个冷盘，红焖蚕豆、熏鱼、盐水肚条、干丝马兰头、酱炒螺蛳、拌莴笋、酱排骨、秘制红薯。每一样都是地道江南风味，甜咸适中，打开了胃口。然后上了第一道大菜，是十分复杂的甲鱼猪蹄一品砂锅，味道鲜美不说，猪蹄之糯烂润滑，比甲鱼的裙边更胜一筹，倒是我始料未及的。接着是清炒河虾，当然是入口爽脆、鲜美无比。味蕾还来不及一一品味入口的美味佳肴，就连着上了清炖河蚌狮子头、红烧河豚、脆皮黄牛肉、啤酒鸭、艾草青团、三鲜鱼丸、香椿炒土鸡蛋、火腿鲜菇炖豆腐、油焖春笋、鲜肉灌汤生煎包、酒香豆苗，一直到萝卜干炒饭、鲜奶酪，这顿饭才算结束。

美味纷至沓来，对打算细细品赏的味蕾来说，是莫大的压力。好像预期是杏花春雨，打了把小花伞去踏春，却遇上了12级的台风雨，只好学学苏东坡，"莫听穿林打叶声，何妨吟啸且徐行"，他上他的菜，我按照我的品味速度，一一吃将过来。细品之下，觉得最好吃的是清炖河蚌狮子头和红烧河豚，最精彩的是清淡不腻、味道隽永，好像读陶渊明的诗，"此中有真意，欲辨已忘言"。此外，火腿鲜菇炖豆腐也令人惊艳，因为豆腐嫩若蛋清，却完全是传统老豆腐的滋味，隐约透出烟熏的香气，入口即化。炒饭的萝卜干也有独特风味，爽脆鲜美，倒是与众不同。

吃到艾草青团的时候，猛然觉得，清明时节快到了。

茶百戏

中国民俗学会在常州考察非物质文化遗产，我到得晚，错失了第一天下午主要的民俗活动。晚饭之前的最后一个考察点，是历史文化街区的吕宫府，观摩评弹、吟诵、书画、香道、茶道等传统文人的闲居雅兴。吕宫府地处常州市区中心，原来是常州明清古建筑群的一部分，10多年前常州大拆文物古建，践踏历史文化，进行都市改造，发展现代化商圈，吕宫府逃过了城市基建的浩劫，成了大规模拆除劫余的幸存。

以前有朋友告诉我，苏东坡晚年从海南贬谪放归，回到常州定居，逝世之处就在此地的"藤花旧馆"，这里似乎难逃现代化的厄运，惨遭拆迁大队的荼毒，拆了之后又新建了现代古迹。因为我到得晚，无缘考察新修的藤花旧馆，也不知道保留了多少东坡的遗韵。不过，东坡一生波折甚多，经常遭贬，曾被朝廷"恩准常州居住"，在常州（宋代包括武进、无锡、宜兴、江阴、靖江）度过一阵子闲置的岁月。他有一首《菩萨蛮》词，写于元丰七年（1084年），说的就是归老常州的宜兴（阳羡）："买田阳羡吾将老，从来只为溪山好。来往一虚舟，聊从物外游。有书仍懒著，水调歌归去。筋力不辞诗，要须风雨时。"两年之后，他重返政坛，早春再游常州，就兴致勃勃写了脍炙人口的题画诗《惠崇春江晚景》："竹外桃花三两枝，春江水暖鸭先知。蒌蒿满地芦芽短，正是河豚欲上时。"虽然没看到新修的东坡故居，想到我的足迹能够覆盖东坡曾经亲炙过的这片土地，晚宴又吃到了令他口馋的河豚，也就心满意足了。

到达吕宫府的时候，闻香品茶已经到了尾声，大多数人都已意态阑珊。老王与老季听说我到了，倒是兴奋得很，忙说研究茶的来了，给他玩玩宋朝的点茶。南京非遗文化研究所的朋友，有钻研宋代点茶的，把茶粉研磨得极细，用茶筅在黑漆茶碗里，模仿宋代点茶风尚，打出了厚厚的淡青色沫饽。老季是常州的著名书画家，拿了一根长长的竹签当画笔，蘸上浓绿的茶浆，居然有模有样的点画出一丛竹篁。他一边画一边抱怨，说茶沫会黏滞笔画，所以不能连笔，要用点画法方式来画。我们都说，画得不错，再画幅梅花吧。他又点画了山石梅花，居然还有枯枝寒梅的韵味，引来了一片赞誉。

　　五代北宋的《清异录》，托名陶穀所撰，书中有"生成盏"一则，说到有个福全和尚，能够在茶汤的沫饽上写诗。并排四只茶碗，他可以在每碗写一句诗，成一首绝句。福全在茶汤中写诗的本领远近知名，引来了大批观众，都要看他显示茶汤写诗的绝技。福全后来自嘲说："生成盏里水丹青，巧画工夫学不成。却笑当时陆鸿渐，煎茶赢得好名声。"《清异录》还说："茶至唐始盛。近世有下汤运匕，别施妙诀，使汤纹水脉成物象者，禽兽虫鱼花草之属，纤巧如画。但须臾即就散灭。此茶之变也，时人谓之'茶百戏'。"我看老季在茶汤沫饽上画画，艺术效果虽然远逊宣纸上的挥洒，却有新奇可观之处，本领也不输于福全和尚。不知道古人在茶汤上写诗作画，是否也用竹签蘸点之法，还是用传统的毛笔，饱蘸墨汁，在茶汤沫饽上展现书画技巧。不管古人是用什么书写工具，我们过去总以为在茶汤上写诗画画，是匪夷所思的技艺，当作神迹来谈论的，居然让老季给掌握了，再现宋代点茶中"茶百戏"的奥秘，倒是让我大受启发。

　　老季画完了山石梅花，问我要不要试试写几个字，在茶汤上留个墨宝？大家都起哄，说书法家总得留个字，算是给茶神陆羽上炷香吧。于是，我也拿起竹签，蘸了浓浓的茶浆，在新打出来的沫饽上写了"姹紫嫣红"4个字。真如老季说的，沫饽的黏滞性极强，笔画不能连贯，只好断断续续，连点带写，勉强成书。南京的朋友又调制了赭红的茶浆，说可以用来画印章，于是，依从他们的主意，画了一方印章。画完看看，还真是有模有样的"茶百戏"，虽然入不了苏东坡的法眼，大概可以跟福全和尚别别苗头。

常州大麻糕

到常州考察非物质文化遗产，当地的负责人老季说，一定要品尝常州小吃，而小吃当中最有特色的就是大麻糕，其中浸润了常州地方的市井文化，是地地道道的非物质文化传承，已经名列江苏省非遗名录了。于是，晚宴之后，他就三令五申，告诉我们这批来自世界各地的考察团队，明天早上千万不要在酒店吃早饭，八点半他安排巴士，带我们去品尝常州小吃。来自美国与加拿大的民俗学家没听懂，频频回头问我，明天早上不吃早饭？酒店不供应早餐？八点半出发考察什么？在旁的日本专家会几句半咸不淡的中文，大概听懂了几个字，插进来问说，是不是要小小地吃，不可以大大地吃？我们日本人吃早饭，都是大大地吃，中国人早上不吃干饭，都是小小地吃。来自韩国的专家是哈佛女博士，师出名门，而且精通中文，白了日本专家一眼，用流畅的英文解释，明天早上不必在酒店用早餐，因为八点半出发，去吃本地最地道的美食早餐，而且还是属于非物质文化遗产的食品。美国朋友一听，乐了，原来早餐还有"非遗"可吃，真是早点不忘非遗，吃喝皆是学问，中国文化博大精深，名不虚传。

第二天一早，老季带我们去了正在翻修的双桂坊，说这里是明清时代最热闹的街区，多年来进行城市改造，成了现代都市商圈，灯红酒绿的。现在总算认识到文化遗产的真谛，是多元保护与传承，最好是原汁原味，起码也要重点提倡非遗，呈现地方文化特色，所以集中了常州地区的小吃，设法恢复当年繁华的市井风光。常州民俗学会特意为我们安排了小吃宴，一共上了12道小吃，真是目不暇接、种类繁多。吃了五六道，已经是眼大肚小，肠胃开始抗议，逐渐体会北京填鸭的艰辛生命历程，可是口腔与舌尖却像中了蛊，依然贪恋源源不断上桌的美食，等着大麻糕。

终于上了大麻糕。一看，真是不愧其名，的确够大的。乍看是个大烧饼，色泽金黄，外表酥松像蛋糕，却在一层酥松的芝麻表皮之下，隐隐露出十分诡异的油酥馅，让你惴惴不安，知道它绝对不是易与之辈，整个吃下去要出问题的。老季看我一脸犹豫，就说，不必担心，切成小块，大家分着吃。大麻糕这么大是有原因的，恰恰反映了常州的市井文化。常州大麻糕从前没这么大，是跟江浙地区通行的袜底酥一样，薄薄的，酥酥的，两三口就吃完了。有圆形的，椭圆形的；有甜馅的，咸馅的，椒盐的，放点葱花的，常州人叫它"草鞋底"。大概是到了清末时期，常州的劳动人民，像伙夫、脚夫、纤夫、轿夫之类，嫌草鞋底太小，不过瘾，3个铜板买1块，不顶饱，后来做酥饼就用3块的料，合并做成1块大麻糕，卖9个铜板，也就成了常州的特色早餐了。不叫麻饼，叫麻糕，是因为口感不像烧饼，具有松、软、酥、脆、肥等特点。关键是在那个"肥"，不肥不好吃，不过瘾；太肥又油腻，也不好吃。如何做得肥而不腻、酥而不油，就是常州大麻糕的真功夫了。

吃了一块色泽金黄的大麻糕，入口酥软，蘸了芝麻的酥皮香脆爽口，油酥椒盐的馅儿，夹杂了葱花的香味，让我想起小时候在永和桥头吃到的油酥烧饼，却层次更为分明、口感更丰富，像秋天田野收成时节的阳光。老季说，喝碗豆腐汤搭配吧，我们常州人说的，"麻糕吃吃，豆腐汤搭搭"。

常州小吃

常州在历史上是个有名的地方，地处长江之南、太湖之滨，毗邻苏州、镇江，在春秋时期是楚国与吴国相互争胜的地望。春秋末期，吴王寿梦封第四子季札于此，所谓延陵季子，延陵作为地名，开始在历史上出现。因为改朝换代，历史地名有过不少更迭，先称作延陵、毗陵、晋陵，到了隋唐时期才称为常州。到了清代，常州领下还有 8 个县，即武进、阳湖、无锡、金匮、江阴、宜兴、荆溪、靖江，辖区广大，有"中吴要辅，八邑名都"之称。民国以后，行政区划变化频繁，一直变到21世纪，常州像块俎上的肥肉，东切一块，西割一块，武进、阳湖不见了，无锡、宜兴、江阴、靖江分出去了，变到今天，人们已经搞不清常州到底管辖哪几块了。

不过，老百姓说起常州小吃，倒是一清二楚，有这有那的，似乎历史上的行政区划，只管政府的权力架构，管不着黎民百姓嘴里吃的。我们到常州考察非物质文化遗产，常州的朋友不断强调，来我们这里，就要品尝常州小吃，小吃是我们的文化特色，也是文化遗产。常州非遗考察，就是小吃美食之旅。我问，常州小吃的特色是什么呢？老季说，就是平民化，而且好吃。他去过台湾，考察过台湾小吃，学了一句台湾话，"好呷又大碗"，回头一想，恰好可以形容常州的小吃。

我们一大清早乘了辆大巴，到了城中的老区，大概也就是延陵季札受封的地段吧，专程前来，享受常州非遗办公室准备的小吃宴。一张20个座位的大圆桌，摆满了各式各样的点心，盘盘碗碗，五花八门，琳琅满目，有蒸的、煮的、炖的、熬的，还有炒的、烤的、煎的、炸的、烘的、煸的，不一而足。外国专家像一群进了大观园的刘姥姥，啧啧称奇，问东问西，这是糯米的吗，那是豆沙的吗？这是豆腐吗，那是面条吗？老季说，不急不急，这些是看菜，摆在这里供观赏的。等会儿才一道一道地上，大家可以趁热吃。我看到桌上有菜单，拿起来一看，列了12道小吃：蟹粉灌汤小笼包、寒食青团、四喜汤圆、半山亭大麻糕、鲜肉月饼、酒酿元宵、芝麻糊、豆腐汤、重阳糕、红豆网油卷、金钱饼、鳝丝银丝面。我就跟洋专家们说，反正什么都有，爱吃什么吃什么，吃就是了。

餐厅的老板出来了，向我们介绍每一道小吃的来历，讲到大麻糕，兴致上来了，说人人都爱吃大麻糕，不分阶级的。轿夫、脚夫爱吃，书香门第的读书人也爱吃，著名史学家吕思勉就最喜欢吃大麻糕。吕思勉回忆小时候，生长在十字街、化龙巷一带，街西就是仁育桥，又称木桥头，记忆最深的就是那个仁育茶社的大麻糕。他从很小时到读书进学，每天早上都吃大麻糕当早饭。老板又讲到金钱饼，说别看这块油炸的小圆饼不怎么起眼，像炸馒头片似的，其实当中大有学问，从前是过年的时候拜祭祖先的供品。这块饼是"豆斋饼"，其中填的馅料却十分复杂，不同寻常的，要先将猪腿肉、虾仁分别剁茸，跟冬笋末拌和成泥，加入调料，作为填馅，先煎后炸，其间还得使用蛋清发糊，勾上口沿。虽然是小吃，工序却马虎不得。

我发现研究民俗的洋专家都是异形人类学者，问学考察与品味实践两不误，一边问，一边听，还一边吃，而且食量惊人，毫无忌讳，你上什么，他就吃什么。天上飞的，地下爬的，水里游的，没有不敢吃的，比广东人还厉害。我吃了五六道，就只好甘拜下风，宣称退出考察行列，敬陪末座。后来又上了一道银丝面，看起来十分清爽，就鼓起余勇，夹了一筷子。只咬了一口，咦，竟然如此清爽滋润，而且细腻之中还有嚼头，兼有苏州面与山西面之长，不禁又吃了一口。快哉，是真正的鸡蛋面，而且调制得法，韧而不硬，绵密不软，吃起来，像白居易《琵琶行》里写的"间关莺语花底滑，幽咽泉流冰下难"，让我混淆了孔夫子的话，余味袅袅，绵绵不绝，三月不知肉味。

老季问我，常州小吃最喜欢什么，我说，银丝面，毫无疑问，是银丝面。

小石川后乐园

　　东京市北边有一处古典园林，与明末渡日的儒者朱之瑜（舜水）关系密切。《朱舜水全集》收有《游后乐园赋（并序）》，说到水户藩主德川光圀邀请他到园中赏樱，群贤毕至，有吃有玩，好不开心："水户侯宰相公，以苑中樱花盛开，集史馆诸臣以赏之，因特使相招。况前已夙戒，余即时遄往。先后诸贤，徘徊瞻眺，悦目娱心，流连无已。执事近臣，亲司饮馔，亭台邸阁，在在供张。"

　　朱舜水（1600—1682年）游园，时在宽文九年（1669年）春三月十九日，正是日本樱花盛放的季节。其时朱舜水年已70，受到水户藩第二代藩主德川光圀的礼遇，奉为儒师，也有4年之久了。光国请他游赏在东京（时称江户）邸第的园林，当然是出自敬老尊贤之意。朱舜水游赏快意之际，并未忘记宣扬儒家教诲的责任，在赋中描绘了园林美景之后，指出身为君王重臣，不可以"乐其乐而忘其忧"，而应当是"大夫无夙退之委蛇，则君侯无燕寝之暇逸"。意思很清楚，就是提醒藩主及所有臣工，要效法范仲淹在《岳阳楼记》说的："先天下之忧而忧，后天下之乐而乐。"

因为"后乐园"这个名称在文献中第一次出现，即是朱舜水的《游后乐园赋》，有的学者推测，可能是朱舜水游园之时命名的。但此园草创于宽永六年（1629年），在朱舜水游园前40年，是德川幕府赐给水户藩第一代藩主德川赖房的邸地，因地在小石川，一般称小石川水户邸。当时有没有园名，现在已不可考了。所以，小石川后乐园得赐嘉名，有可能是朱舜水的手笔。

舜水赋中提到的景色，如"转落英之曲径，经卧波之长桥"，如"萦回鸟道，瞥见平田"，都是今天游览园中仍然可见的风光。至于赋中特别说到的"容与苏公之陂"，则是现在园内特别标示为重要景点的"西湖之堤"，指的就是苏堤。一直有人说后乐园中的"西湖之堤"是朱舜水设计的，因为他是浙江人，怀念家乡西湖风光，便在园中为藩主设计了微型的西湖山水。不过，仔细想想朱舜水首度游园，便在赋中提到"苏公之陂"，想来此堤之兴建应当在舜水见到园林美景之前。

不过，朱舜水的确为后乐园设计了一景，即是现在已经保护起来、不准游人攀登的一座石拱桥。这座石桥坐落在园西北的丘陵树丛之后，古雅优美，落落大方，既有山林隐逸之幽静，又有儒者举止之端庄，可说是后乐园的精神象征。

我今年游赏后乐园的时间是在隆冬，园内没有樱花，也没有游人，但是有几棵梅树，迎着朔风，绽开了萧飒之中的生机。不禁想到335年前，朱舜水就在此地游览燕乐，是如此称赏的："天然高下，耕稼知勤，杂作田野，水流山峙，茅店潇洒，小桥仄径，纡回容冶，则未有若斯之胜者也。"

真没想到，今日东京还有如此胜景。

白川早樱

20多年前，我到京都参访庙宇，考察唐宋建筑在日本的遗存，对寺院园林的优雅洁净布局产生了浓厚的兴趣。于是，每隔一两年就到京都小住一段时间，有时三五天，有时一个多星期。以一般旅游标准而言，算是长期逗留了，但是，我总觉得浅尝辄止，意犹未尽，像蜻蜓点水，在每一座庙的屋脊上飞绕一圈，到此一游而已。参访一座庙，得先观察参道是否整饬，栏杆如何布置，参径如何铺沙置石，是直通山门，还是蜿蜒曲折，在林木掩映之中，引向佛刹的入口。进了山门，要四处张望，大堂的梁柱如何设计，造像如何安排，雕塑是什么年代的风格，都是观赏的重点。院落之间的庭园构局，层叠错落，树木花草的布置，幽深有致，石桥池塘缀连，苍松苔藓相映，更使我流连忘返。

参观京都的庙宇，一天最多两三座，一个星期十来处，就已经筋疲力尽，到后来只记得天龙寺的池塘、龙安寺的石庭、清水寺的山坂、广隆寺的思惟菩萨、大德寺的野泽，在脑海中自由组合，成了现代画坛流行的拼贴构图，一片混乱嘈杂，有如观光团队蜂拥而来，举起相机咔嚓咔嚓，又蜂拥而去，全无情致不说，似乎还有悖佛门清修。参访寺院像是抢头炷香，未免焚琴煮鹤，大煞风景。折腾了几年，终于想通了，不能为了研究成果而紧赶慢赶，坠入功名青云的魔道。既然踏入清净佛地，就该沉静下来，像寺院里的一草一木，随着大化流转，倾听梵音天籁，超脱世俗红尘的扰攘与欲望。学会悠着点看山，悠着点赏花，悠着点在寺院中徜徉，也就不在乎一天看几个庙，甚至看不看都无所谓了。京都的朋友听说我不再计较，都说，有点古都人的模样了。

再到京都，朋友帮我订东山三条的民宿，完全融入了传统京都的生活节奏。这一带都是老房子，沿街是木条槅门，拉开门是换鞋的玄关，室内铺的是榻榻米，让我想起小时候住在台北南区的川端町，都是老式的日本房子，屋檐下一溜栏靠，可以凭栏观赏自家的小院，种了几棵艳红的山茶花，在冬日的阳光中摇曳生姿。大清早走出民宿，晨光熹微，古老的街道渺无人迹，我踩着自己的跫音，漫步在今古错落的石板路上。走着走着，发现了一弯清澈的溪水，贴着两侧临流的屋宇，缓缓驶过岁月的沧桑。一道平实的石桥跨在溪上，像扎着护臂的农妇弯身汲水，如此的朴实无华，如此的疏淡真纯。桥边有块铜匾，上面写着"白川"，是这条市区小溪的大号了，从此记住了这个名字。在我记忆中，京都古风最为深刻厚实，也就感到潺潺白川的胜景，远远超过了清水寺的亮丽扰攘。

三月底到大阪举办书法展，京都的泷野教授说，樱花正含苞待放，也许你来时就开了，过来看看，顺便到四条的古书店淘淘书，到和纸店及古梅园置备些文房用具。于是，带着几个香港来的墨客书友，来到了初春的京都。

泷野知道我喜欢访古，就带我们去一家颇有年岁的寿司小店。十一点半到的，居然还是晚了一步，得等前一轮的食客吃完才有位置。一问，原来这家寿司店创始于乾隆年间，一直开到现在，一共只有十五六个座位，主要是吃鲭鱼寿司。泷野说，走过这条短巷，就是古风犹存的白川巽桥，樱花已经开了，先过去看看吧。于是，我们慢慢踱过去，经过一条小桥，看到粉白嫩红的樱花垂在溪渠旁边，在阳光的抚慰下，是如此娇怯动人，好像江户时代的美女，穿上月白色点染了桃红的和服，小立在风中。我不禁疑惑起来，问说，这就是我以前在东山三条看到的同一条白川吗？泷野说，没错，这是白川的巽桥地段，春天来了，樱花开了，最美的季节，和你以前在其他季节看到的，是有大大的不同。

哦，早春的樱花，是不同，如此的不同。像浣纱的西施，盛装走上殿堂，的确可以倾国倾城。

奇威果与猕猴桃

一

读报刊文章，见有人提到"奇威果"（或有译成奇异果），说是怎么怎么的珍奇，营养价值又高，含有大量维生素 C，现已成了欧美上流社会青睐的果品云云。初看这"奇威果"三字，的确感到新鲜，不知是什么奇花异卉的果实，后来又读到这奇威果是新西兰特产，才恍然说的是新西兰外销的 Kiwi fruit。

其实，这种满身密布绒毛的浆果，本来不叫奇威果的。"奇威"一词，本来另有所指，是新西兰所产的一种不会飞的鸟类。这种鸟体呈卵形，尖喙长嘴，灰褐色的羽毛紧贴身躯，双翼已经退化，像只畸形的怪鸡，鸣叫起来作 Kiwi Kiwi 之声，因此新西兰的土著毛利人称之为"奇威"。这于 19 世纪英文文献可征，因为那时正是英国人殖民海外，拓殖澳洲、新西兰之际，看到这种不会飞的怪鸟，大感兴趣，便笔之于书，算是当时的"海外奇谈"。

在 1835 年威廉·亚特（William Yate）的《新西兰见闻》（*An Account of New Zealand*）中，就说到"奇威"是"新西兰最令人叹为观止的鸟"。在《新西兰的鸟类》（*A History of the Birds of New Zealand*）一书中，作者沃尔特·布勒（Walter Buller）记载他于 1873 年曾在淘金者的棚舍里吃过炖奇威鸟。想来大概和炖鸡的味道差不多吧？这奇威鸟不会飞，捕捉起来自然容易一些，那情况约莫就像清教徒初抵美洲，不久就有火鸡可以捕食一样。

因为这奇威鸟双翼已经完全退化，连偶尔学学一般鸡种或火鸡振翅飞上十几尺的本领都没有，后来飞机发明、空军出现之后，部队里就叫那些空军地勤为"奇威"，显然是讽刺这些名为空军却从来上不了天的部队。由《牛津大辞典》的录载来看，到了 20 世纪 20 年代末，这"奇威"一词，在英文中还专指这种不会飞的鸟，不曾用来称呼浆果的。

那么，现在风行的这种浆果，怎么会称作奇威果呢？假如原来不叫奇威果，那又叫什么呢？

只要我们一对比奇威果与奇威鸟的外形，就会发现，两者都是蛋形的躯体，外覆灰褐色的绒毛。显然，这种果实称作"奇威"，是因为外形像奇威鸟而得名。那么，新西兰的土著在白人殖民者来到之前，是不是也叫这种浆果"奇威"呢？

这问题倒好回答：不是。因为这种果树是在本世纪（20世纪）才移植到新西兰的，白人来到之前，土著根本没有见过。从哪里移来的呢？英国吗？

当然不是。假如原产在英国，原先必定有一个英文名称，不至于兜了这么个大圈子，先因为它外形像某种新西兰的怪鸟，又因为鸟叫声是 Kiwi，所以辗转假借，成为通用的名称。那么，从哪里移来的呢？

好了，告诉你吧：从中国。

怎么又是中国呢？怎么什么都源自中国呢？火药、罗盘、印刷术，还不够吗？怎么连个奇威果，都要源自中国呢？鲁迅说许多好东西都源自中国，可是中国人只会用来放鞭炮、看风水之类。等到洋人派上了大用场，我们又自我陶醉在"西学源出中国"的呓语里。这个浆果都让新西兰移植培种，成为畅销世界的高级果品，而我们还数典忘祖，不知它是哪里来的。可是，反过来讲，知道它源出中国又怎么样？还不是新西兰在种植、营销、获利？

二

好了，不发牢骚了，听我说这果子的原名吧。这果子原来叫作猕猴桃，学名"中华猕猴桃"，拉丁学名 Actinidia chinensis。

我也从来不知道这所谓奇威果，居然还有个中国原名，直到三四年前，有次在波士顿，和哈佛植物园的吴秀英博士聊天，不知怎么提到了 Kiwi fruit。她说，这个东西有个中文名称的，而且本来就源出中国。我听了一愣，心想，连这玩意儿都源出中国？就问，为什么从来没听人提起？她说，中国人不培育种植，都是野生的，比较酸。抗战期间，她到青城山去采集植物标本，就看到山里很多，道士有时摘来当果品，山里的猴子倒是吃得开心。她还告诉我，到了本世纪（20世纪）初，洋人才移植到新西兰，近几十年才有经济价值的。

此后，我才开始留心猕猴桃的资料，得知这猕猴桃树，属猕猴桃科，落叶木质藤本，小枝密生毛。叶卵形或圆形，下面密生灰色毛。夏季开花，聚伞花序，花白色，后变黄色。浆果夏秋间成熟，卵形略呈球状，长2.5厘米至5厘米，初时密被绒毛，熟时无毛，黄褐绿色。产于我国中部、南部至西南部。果味甜，含多种维生素，可食，亦可制果酱或酿酒；根入药，有清热利水、散瘀止血作用；叶能止外伤出血；树皮和髓可造纸。亦称"杨桃"或"羊桃"。

不过，这个"杨桃"与台湾常见的杨桃不是同一个东西，不能望文生义，就来等同。华南及台湾盛产的杨桃，学名是"五敛子"，拉丁名 Averrhoa carambola，属酢浆草科，是常绿或半常绿乔木。浆果是椭圆形，有5棱，间或3至6棱；未熟前果皮青绿色，熟时黄色。总之，猕猴桃此杨桃，非五敛子彼杨桃。

三

　　为了搜罗过去描述猕猴桃的资料，我也翻阅了地方志，尤其是《青城山志》。翻遍了《青城山志》，不见资料记载。后来又仔细阅读《物产》一卷，记有一种"葨芝"，兹引于下：

　　《益部方物略记》讲葨芝："生邛州山谷中，树高丈余，枝修弱，花白，实似荔支，肉黄，肤甘味，可食，大若爵卵。挺干既修，结花兹白，载外泽中，甘可以食。"

　　《纪胜》："蜀中有一种木，彼人呼为葨芝。其树常高丈余，不甚增长。花小而白，每一岁开花，次年方结子，又次年方熟。盖历三岁。子如楮实，有文如龟背，味甘酸可食。今青城山范仙观、邛州蒲江县崇真观皆有之。见《云谷杂记》云：或呼瓖芝，盖语讹，故《临邛记》只作葨。俗传以为仙果。"

　　根据这里的资料，不能断言葨芝就一定是猕猴桃，但看来有几分近似。古人对植物分类的描述，一向不甚精确，尤其是牵涉到长期观测的科学实验，时常做大胆论断，后人便以讹传讹，像这里说的第一年开花，第二年结果，第三年方熟，虽然不似《西游记》里的人参果三千年开花，三千年结果，再三千年才熟，那观察却颇有问题。然而，形容花果的模样和尝起来的滋味，一般都还是亲身经验，比较可信。因此，有可能是猕猴桃。

在《青城山志》里没有找到猕猴桃，倒在读《岑参诗集》时，无意碰上了有关猕猴桃的资料。岑参的《宿太白东溪李老舍寄弟侄》一诗，有这样的句子："渭上秋雨过，北风正骚骚。天晴诸山出，太白峰最高。主人东溪老，两耳生长毫。远近知百岁，子孙皆二毛。中庭井阑上，一架猕猴桃。"这诗是岑参过太白山麓，夜泊东溪李老舍的即事之作。在《文苑英华》《唐文粹》《全唐诗》中，此诗题作《太白东溪张老舍即事寄弟侄等》，老者的姓氏不同了。但不管老先生是张三还是李四，此诗是即事即景之作却不会错的。在此，岑参告诉我们，他经过太白山麓时，秋雨刚过，北风萧萧，歇宿在东溪老者家里。老者年纪已经百岁，庭中井阑上面，有一架猕猴桃。此诗紧接的几句是："石泉饭香粳，酒瓮开新槽。爱兹田中趣，始悟世上劳。我行有胜事，书此寄尔曹。"显然，岑参所谓的"胜事"即是这种乡村的野趣，而猕猴桃架在庭院之中，更清楚点出情景的山野之趣。

四

由此，我们也可推想：猕猴桃在唐代诗人的想象中，是与山林丛莽相连的。和千里驰驿以进，供杨贵妃啖食的荔枝，固然不可同日而语，和西域进贡的葡萄也有天渊之别。顾名思义，猕猴桃当然是给猕猴吃的，或许野老偶一啖之。总之，不是上流社会见世面的果品。

是不是这种钟鼎山林相异的原因，使得猕猴桃从来得不到中国人的青睐，从来不去广为培育种植呢？那我就说不清了。但看看中国人吃东西时，总爱做一大堆文字审美的联想，或许，猕猴桃不能入流的原因也就可思过半。吃荔枝时，想到"一骑红尘妃子笑"；吃木瓜时，可以想到"报之以琼琚"；吃木桃（楂子），"报之以琼瑶"；吃李子，"报之以琼玖"。连吃个橘子，还可想到周邦彦的"并刀如水，吴盐胜雪，纤手破新橙"呢。

或许，经过了以上的"正名"工作之后，我们还是称呼这种浆果为奇威果吧，因为那是来自新西兰的，是舶来品，是"雅痞"的宠物。要是真的正了名，规定名称为猕猴桃，那么，现在吃得津津有味的名士淑女，下次再吃时（已称猕猴桃时），恐怕要觉得牙酸的。

羊肉早烧

从来没去过海盐，只从小时候地理课本上知道，在杭州湾北侧，地处钱塘江口，靠海，产盐，因此叫海盐。此地在中国近代出版界出过两个名人，一是奠定商务印书馆历史地位的元勋张元济，二是画《三毛流浪记》的张乐平。我们和张乐平的四公子夫妇是至交，多年来总听他们说海盐值得一游，有一个清代的绮园，古木参天，亭台池馆，是相当隐蔽的江南名园，绝对不输苏州园林。还可以观赏张元济纪念馆与新建成的张乐平纪念馆，以及城外风光绝佳的南北湖。更重要的，张公子强调，是可以品味海盐土菜，同时到澉浦去吃羊肉早烧。

阿四与我有同好，就是好美食，而且是不管走到哪里，一定寻访佳肴至味，从装潢逼近皇宫的米其林星级餐厅，一直吃到风沙飞扬的路边摊。打破阶级界限，只要好吃，众生平等，绝不假冒斯文，从未装腔作态。每次相聚，他都神采奕奕，细数新发现的美味，也许是哪里的酱鸭好，也许是某处的烧饼酥，哪里的醉虾活蹦乱跳，某处的龙头烤香酥脆嫩，或许是酒酿汤圆、鲜肉月饼、刚上市的菱角、新剥的鸡头肉，总之都是时令最好的享受。这次我趁着到上海举办"书写斯文"书法个展开幕，抽出两天时间，终于安排了海盐之行，跟着他回到他的家乡，当然要好好品尝当地的至味。对于他说的羊肉早烧，我从未吃过，最是好奇。阿四说，他只知道是一大早吃羊肉，具体情况也不太清楚，到了海盐，问问当地知味的文化领导，到底是吃些什么？

到了海盐，见到阿四的老友老杨，问起早烧是怎么回事。老杨说，海盐的澉浦地方滨海，当地人过去都是一大早以讨海为生，海上波涛风浪大，到了冬季更要跟寒风冷雨搏斗，所以，大清早就吃大热的羊肉，还要喝点烧酒抗寒，这才解缆放船，开始一天的营生。现在的海盐以羽绒服装业与螺丝帽制作作为主要产业，地方上不再以讨海为生，但是一大早吃羊肉喝烧酒的习惯，却延续了下来，成了当地人的最爱。吃早烧，一般是五六点钟，到八九点就结束了。我们明天一早去试试，如何？

于是，第二天一大早，我们两辆车，六七个人就开到了溆浦。老杨带路，穿过一个传统菜市场，湿答答的鱼虾摊子围在市场门口，得绕过去，然后经过一长溜蔬菜瓜果、豆制品、蛋类、腌菜、刚宰杀的猪肉、禽类摊子。好不容易绕到市场的后面，就看到一间烟熏火燎的羊肉铺，门口大铁钩上挂着半只羊，没有店招，只在灰蒙蒙的墙上用红漆写着"金良羊肉店"，旁边还有一行小字"请品尝红烧羊肉"。有一条逼仄的巷道入口，是为了隔开一批老式的土灶，倒有些消防意识。不过，灶头上塞了两根粗粗的木柴，有点挡路，通过时得小心。穿过巷道，进入后室，才发现是一户传统农舍改装成的饭店，后头有个院落，种了一架爬藤的豆瓜，摆了几张八仙桌，很有点农家风味。

一会儿，先上羊血汤，一人一碗。汤头很清澈，上面撒了一撮蒜苗，喝起来相当爽口，有点淡淡的羊膻味，却毫不腥气。再来就上了一盘白煮羊肝、一盘白煮羊头肉，配一碟粗盐，入口芳香，一点膻味都没有。随后上的就是远近驰名的红烧羊腩、红烧羊肚，一大碗红烧芋艿，以及最是脍炙人口的红烧羊蹄骨了。阿四说，不是要喝烧酒吗？于是到里间一问，携了一瓶土烧酒出来，我看到红标上印着"双蒸烧酒"，酒精度 30 度。每个人倒了二两，配着羊肉，按照当地人的美味习俗，一大早吃羊肉、喝烧酒，真个是不亦乐乎。

点羊蹄骨的时候，阿四夫妇恨恨地说，牙齿不好，啃不动羊蹄，只好遗憾了。我们一吃，发现羊蹄已经烂糯如豆腐，根本不用啃，一吸就连皮带筋，全化在嘴里，赶紧告诉阿四，不必终身遗憾了。结果是每人抱着一根羊蹄骨，风卷残云，吃得轰轰烈烈，像赤壁鏖兵一样。最后还有羊肉面，我们都说，不行了，大家分吃两碗吧，结果还是剩下不少，暴殄了天物。回城的路上，阿四说，没想到家乡的羊肉早烧如此美味，真应该多回家看看。

涮羊肉

大冷天到北京举办书法展，朋友说，有朋自远方来，吃吃涮羊肉，不亦乐乎！于是，吃了好几顿涮羊肉。北京的涮羊肉真是不错，鲜，而且没有一点膻味。问是什么地方的羊，都说是内蒙古的。可是，他们马上就加了一句，不是超市买的，也不是街市买的。有一位是通过自己的关系，特供的，由亲朋好友从内蒙古送来的。另一位熟悉牛街回族的肉铺，向专卖清真牛羊肉的可靠供应户买来的。市场上的内蒙古羊不可靠，不知道是什么地方来的，反正都是通过冻肉走私渠道，打着旗号来蒙我们的，吃不得，一股腥臊味。尤有甚者，拿过期了的冷冻猪肉、鸭肉混上羊油，再加入一些天晓得是什么的提味香料，混充羊肉。居然还瞪着眼说瞎话，言之凿凿，说是什么阿拉善盟阿拉善左旗的特产，或说是锡林郭勒盟西乌珠穆沁旗最优质的羊肉。

要是问卖羊肉的，他们当然会指天发誓，说，我拿第二胎的孩子做保证，要是骗了您，让他生下来没屁眼。您哪，还有什么不信的，税务稽查处的人隔三岔五都在我这儿买羊肉，食品检验局的食堂也靠我供应，一买就是好几十斤，我自个儿家里涮羊肉也吃这个，反正我们都信了，绝对可以放心。跟您说哪，我这儿的内蒙古羊肉，比到内蒙古去买都可靠。朋友叹了口气，唉，现在的老百姓不比从前了，老北京的诚实敦厚早跟着北京城的城墙，成了过眼云烟，飘到雾霾里去了。您看看，卖羊肉的耍起嘴皮子，一个个都比说相声的还强。幸亏他们在街市卖羊肉，要是让他们上了相声舞台，郭德纲还有饭吃吗？信也好，不信也好，反正这世界真假颠倒、良莠不分。不说了，吃吃看，咱这羊肉可是得来不易，是内蒙古作协上次邀请我去评审，人家亲家自己养的羊，绝对美味。

朋友说得没错，真的美味，而且入口即化，好像日本的神户牛或松阪牛那样，滋味却又更上一层，在鲜美之中有一种隽永的绵密。不禁想到这些成了俎上肉的羊只，在内蒙古的草原上徜徉的时候，细细地嚼着青嫩的牧草，大概是无忧无虑的吧？"天苍苍，野茫茫，风吹草低见牛羊。"塞上风光，多么具有诗情画意，显现大自然的和谐。庄子濠上观鱼，觉得鱼在水中自得其乐，遭到惠施质疑，子非鱼安知鱼之乐？庄子回敬了一句，子非我，安知我不知鱼之乐？我吃着涮羊肉，遥想羊群在内蒙古草原上悠然自得，沐浴在草原的春风里，完全没想到严冬的风雪苦寒，更没想到宰杀之际的残忍，似乎比不上庄子的境界。不禁开始自省，是否缺乏民胞物与的胸怀，没有万物与我为一的精神，视羊群为异类，只顾得舌尖上的快感，丧失了"羊道精神"？

小时候在台湾，到了寒冬季节，也吃涮羊肉的。记得台北中山堂对面有一家山西饭店，涮羊肉不错。台北的冬天特别阴湿，家中没有空调，冻得我们手脚发僵，就嚷嚷着要吃火锅，要吃涮羊肉。父亲有空又赶上心情好的时候，就会全家出动，犒赏一顿羊肉火锅。黄铜的火锅，耸立的铜管烟囱里加上炽焰红火的木炭，烧滚了锅中的高汤，滋滋作响，驱走了阴郁湿寒的冬意，让人感到无限温暖。然后就端上一盘盘红白相间的羊肉片，整整齐齐的薄片，铺满了瓷盘，看起来是如此丰满，如此温馨，如此充满了亲情的欢愉。羊肉的味道，实在不记得了，也不知道是台湾土产的羊肉，还是美国内华达州的核爆羊，总之吃得开心。记得的，是父母慈祥的眼神，是弟妹畅怀的欢笑，是童年时期在寒冬季节总会经历的幸福。

　　或许是童年美好的记忆，一到冬天，就想起涮羊肉，想到父母温馨的眼神。

第二辑

我的小学老师

　　每年阳历的 9 月 28 日，据说是孔子诞辰。孔子既然是万世师表，以他的生日作为教师们的节日，也是合情合理的安排。麻烦的是，孔子的生日，自古以来就没法完全确定，争议颇多。《公羊传》与《谷梁传》都说是鲁襄公二十一年（公元前 552 年），可是月份说的不同，《史记》则说是鲁襄公二十二年（公元前 551 年），年份都不一样。因为文献资料不足，孔子诞辰的年、月、日都众说纷纭，历代学者为此争论不休，也得不到确切的结果。最后还是"政治挂帅"，由政府出面干预，因为祭孔是官家大典，总得有个确定的日期，就断然拍板，决定是鲁襄公二十一年八月二十七日（旧历）。领导们大概自觉是奉天承命，也就秉继旧制，找历法专家换算成公历（Gregorian calendar），即是公元前552年9月28日。后来，这一天被正式认可，9月28日成为假日，放假一天。

小学生才不管那天是不是孔子诞辰，更不知道历代还争论过诞辰的日期，有假放就好，高高兴兴玩一整天，不必闷坐课室，抄写一百遍"大狗叫，小狗跳"的课文。我读的小学，是台北诏安街的萤桥小学，在20世纪50年代的时候，校舍有相当一部分仍然驻扎着军队，兵哥哥白天在教室外面生火煮饭，晚上就睡在教室里。授课空间不足，低年级只能上课半天，下课后由班长领头，排成列队，一个个送回家，交由家长看管，不准四处游荡。这是个好日子，名义上是教师的节庆，实际是大家都放假，我们当学生的，也就跟着老师沾光。放假一整天，就有可能由父母带出去吃个馆子，或去动物园看看大象。

有一年，父亲一大早就叫我穿戴整齐。我先还以为有什么好事，要到北投的招待所去洗温泉，或是上阳明山郊游，顺便去探望一位颐养天年的老将军。洗温泉是全身舒畅，郊游是赏心乐事，探望老将军最实惠，每次都送我一件小礼物，有时是小金锞子，有时是粒玛瑙珠子，还有一次得了一块小玉玦。结果都不是，他带我到孔庙去观礼，看祭孔大典，因为孔德成伯伯担任大典的主祭，要我学点应对进退的仪节，算是实践参与式教育的理念。可惜整个典礼拖沓沉闷得很，钟鼓之乐听得我昏昏欲睡，不但没有激起我崇敬孔子之心，还觉得祭孔大典昏昧无聊，远远比不上河边钓鱼摸虾的乐趣。还记得很清楚，一群和我年龄相仿的小学生舞着雉尾，跳起八佾舞，好像西部影片中印第安人围着篝火跳舞呼啸，似乎十分野蛮。

小学的事，过了将近一个甲子，都掩埋在成长之后的繁杂人生底下，平常也没有考古学家的兴致，不会去翻动早已压得坚实的记忆土层。倒是因为孔子的诞辰在大陆引起了讨论，说要将这一天作为尊师重道的节日，让我想起了我的两位小学老师。

大约是我上小学三年级的时候，学校来了3位实习老师，都很年轻，是从师范学校出来的。其中一位派到我们班上，眼睛大大的，明澈透亮，穿一身整齐的土黄色卡其布制服，上面还绣着徽号。他走上讲台，在黑板上写下他的姓名，大声告诉我们，他叫"吴富焘"。对我们三年级的小学生来说，这最后一个字实在没见过，是个怪字，也就毫无来由地怀疑，这个年轻老师是个怪人。有同学说，一个字底下有四点，就是点了火烹煮的意思；也有人不同意，说狗熊的熊字也是底下有四点，难道也是火焰在烹煮？结果这个老师一点也不怪，实习了一个月，像个大哥哥一样，天天教我们学新词，帮着我们做功课，带我们玩游戏。他会一边弹风琴，一边教我们唱歌，唱什么"任重道远莫或忘"。一个月实习结束，他要离开了，同学舍不得，有好几个都拉着他的衣角，哭了。他安慰我们，说要好好用功读书，以后会来看我们。随后从衣袋里拿出一大沓一寸半大小的半身照，送给我们留念，还给每个人题了字。给我题的是"培凯小朋友留念，吴富焘"，我一直留着这张照片，直到我出国留学。可是，他离开之后，再也没有回来看我们。

时隔50多年，最近上网搜索，知道他是台北师范学校（以前简称"北师"，现已升格为台北教育大学）第12届普通师范科的毕业生。同时还查到，"北师"的校歌有这样的歌词："芝山钟灵秀，东海智波扬。师资树典范……任重道远莫或忘，任重道远莫或忘。"原来他当年教我们那群小学生唱的，就是他在师范学校浸润多年的校歌。我还发现，吴老师是个翻译家，译作极为富赡。翻译最多的，是天主教的教义与圣徒事迹，以及涉及家庭伦理与生活幸福的书籍。其出版社都与天主教有关，如光启社。想来他是虔诚的天主教徒，从来就想着发挥善心、造福社会。

我小学六年级的班主任是柯明正老师，性格与吴富焄完全不同，简直是冰火两重天。假如吴老师是春风化雨，柯老师就是霜刀冰剑，严肃得令人心悸。当年台湾学校不多，还没有实行九年义务教育，台北只有 3 个初中，想考上这样的好学校真是难如登天。父母望子成龙，拜托老师严加管教，不但逢年过节送礼，到了节庆日还上门致送礼金，特别关照老师，不打不成器，要好好地打。我还记得有一次母亲送礼，特别到衡阳街的高档商店，买了两件装在礼盒里的"否斯托"（First）衬衫，巴巴地送到老师家里，目的不外乎要老师"严打"。所以，柯老师也就"受人之托，忠人之事"，每天铁青着脸，手上拿一根藤条，打得我们哇哇叫。回想起来，当时设定的挨打标准未免太过严苛，100 分免打，99 分打一下，98打两下，97分打三下，以此类推。设置的打人规定又有其"阶级性"，父母送过礼、特别关照的，是读书考试阶级，才按照规定打；父母不管的，属于放牛阶级，不打。我就在柯老师的藤条威逼之下，苦苦度过了小学六年级，考上了初中，算是考试制度的幸存者。奇怪的是，我一直觉得柯老师是个宅心忠厚的人，舍不得打我们，就像他接受的日本教育，说老师要"鬼面佛心"似的严厉，心底却强压着无限的关爱，忍受学生憎恨的煎熬。我注意到，他每次打我们的时候，都紧紧咬着自己的下嘴唇，好像感到我们手心的痛楚，也是打在他心底的伤痕。考上初中后，我还去过他家一次，向他致谢，他却腼腆地笑笑，说以后要多用功。之后，我再也没见过他。

我上网查找，发现柯老师在我小学毕业20年后，也就是1980年，担任了北投义方小学第3任校长，任期5年。之后，在1985年调任兴隆小学校长，又任职了5年，在1990年退休了。他退休之后，好像参与了一些社会公益活动。在一条2009年7月的新闻报道中，读到他的消息，说"一群来自台北市昆季社的善心人士，到宜兰县展开关怀之旅，到圣嘉民启智中心捐赠 2 万元，并且各自认养帮助院童，浓浓的爱心从台北都会散播到偏远的宜兰乡村"。这群善心人士来自社会各阶层，"最年长的是 80 岁的退休校长柯明正"。我非常高兴看到柯老师的名字，确认了我一向的想法，知道他拿着藤条教鞭，认真讲课，虽然面若冰霜，却充满了爱心。到了 80 岁，他还努力从事公益事业，这让我看着自己的手心，觉得有点发热，似乎感到了无限的温馨。

褚遂良圣教序

描红模板

小时候练毛笔字，是极不情愿的一件事。我在台湾上小学的时候，要求不多，记得每周只要交一张大楷两张小楷即可。不过，那是学校的功课，父亲觉得是"糊弄孩子"，算不得数的。练字，哪有那种练法？三天打鱼，两天晒网，都比那强；简直就是一曝十寒，除了学个偷懒，学不好。

于是，他把自己平时练字的毛边纸裁了裁，按着练字本的尺寸，工工整整，写了好几页大字，要我照着描红，每天写若干页。回首已是 50 年前的事了，实在记不得父亲规定我每天写 10 页还是 5 页，反正我抱怨数量太多，给我打了点折扣。我还嘟哝过，用墨笔书写，不是朱笔，不算"描红"，只能叫"描黑"，被他斥责过。总之，字是练了。

出自大雁塔东龛后碑

因为天天写，文字倒是记住了，虽然不明其义。翻来覆去写的是："夫显扬正教，非智无以广其文；崇阐微言，非贤莫能定其旨。盖真如圣教者，诸法之玄宗，众经之轨躅也。"不要说意思不懂了，其中好些字笔画繁复，见都没见过，写起来心烦。"正教"是什么，也从来没心思弄清楚。曾经问过，这"愈描愈黑"的字帖是什么体，父亲说是褚遂良的圣教序。当时只听过柳公权与颜真卿，连王羲之都没听过，以为父亲写的大概不属于书法正宗，心中更是不情不愿。年岁稍长才知道自己"描黑"的书迹，仿的是《大唐皇帝述三藏圣教序记》，是西安慈恩寺大雁塔门东龛的后碑，文字是唐高宗李治当太子时所作，由褚遂良书写的。对比褚遂良与父亲的手迹，才发现父亲的摹本有模有样，只是少了点清瘦飘逸之气，大概是他也学过赵之谦的缘故。

笔墨刚劲秀挺

近来买了一本西泠印社翻印的《褚遂良雁塔圣教序》，印刷得不甚高明，勉强可读。翻阅后半本，看着褚遂良刚劲秀挺的书法，不禁想起父亲晚年时常为亲友书写的大幅中堂，经常撷取当中的一大段："伏惟皇帝陛下，上玄资福，垂拱而治八荒；德被黔黎，敛衽而朝万国。恩加朽骨，石室归贝叶之文；泽及昆虫，金匮流梵说之偈。遂使阿耨达水，通神甸之八川。耆阇崛山，接嵩华之翠岭。"这是颂扬唐太宗李世民的，接着还有尽极赞美能事的谀辞，把父王比作尧舜汤武。再来是称道玄奘大师的："玄奘法师者，夙怀聪令，立志夷简。神清龆龀之年，体拔浮华之世。凝情定室，匿迹幽岩。栖息三禅，巡游十地。……以中华之无质，寻印度之真文。远涉恒河，终期满字；频登雪岭，更获半珠。问道往还，十有七载……"

到了今天我才明白，"龆龀"指的是男孩八岁换牙，说的是玄奘少年聪慧。"满字"指大乘佛教，"半珠"指小乘，说的是玄奘大师精通佛教两派宗旨。当年全不明白，但是由于练字，居然记诵在心，随年齿增长而逐渐理解。想谢谢父亲，他却早已去世了。

文学因缘

写作是文字的行为艺术，是化无为有、诡谲多变的巫术。坐在书桌前面，看着书架上层层累累的书册，突然就进入了想象的国度，从崔嵬插天的悬崖上，顺着龙湫瀑布四溅的水花，穿越时间，跃进了幽深的原始森林，面对珍禽异兽以及额头涂抹朱砂的矮人族，正不知道该如何自处，突然传来惊天动地裂帛似的嗥叫，丛林中窜出张着血盆大口的雷龙，正要吞噬一切，却又电光石火，倏忽都消失了，连青烟一缕都没留下。怎么回事？"花非花，雾非雾"，现实是坐在家中书桌前面，想象却也真实，连雷龙犀利的牙齿闪着噬人的邪恶，都曾经掠过眼前。不是梦，是 4D 的真实感觉，怎么办？只能借助文字灵器，穿越时空，像杜甫看到公孙大娘弟子跳的《剑器》舞蹈，想起童年观公孙大娘舞《剑器》《浑脱》的场景，"来如雷霆收震怒，罢如江海凝清光"，留住那一刹那的浏漓顿挫，那一瞬间的惊心动魄。

每次看到道士的鬼画符，上书"太上老君，急急如律令"，就会想到，文学书写与巫术画符，应该来自祖述同源的传统。画符与造字一样，都是通过追求意义的线条，企图窥知并掌控隐藏在天地间的秘密。古人说仓颉造字，"天雨粟，鬼夜哭"，点出了文字有参天地造化之功，在玄黄洪荒之际，在沧桑变化之中，传递了宇宙的奥秘。文字的排列组合，像魔术师手中的道具，是飞腾潜没的圆球，是振翅而飞的白鸽，是五彩斑斓的丝带，是火光熊熊的烈焰，在虚空中变幻，挥洒出古往今来的山河大地，绘画出无穷无尽的人物场景。文字长着翅膀，就像洒落灵感金粉的小精灵，天真无邪却又调皮捣蛋，翱翔在天际，难以捉摸，却又引你无限遐思，总想让她描摹你的感觉，真真假假，虚虚实实，"假作真时真亦假，无为有处有还无"。

陆机《文赋》说："夫放言遣辞，良多变矣。妍蚩好恶，可得而言。每自属文，尤见其情。恒患意不称物，文不逮

· 147 ·

意。盖非知之难，能之难也。"怎么才能驾驭千变万化的文字，让自己构思出来的"意"，可以对应心眼中的想象真实（不是客观真实）？又如何遣词用字，让翱翔八极的小精灵，可以妥帖表达出精心构思的"意"？文学是怎么一回事？为什么知道了妍蚩美丑，恣意月旦古人，轮到自己落笔为文，就能耐欠奉，每一个字都重逾千钧，举步维艰？文学创作到底是怎么一回事？既然这么难、这么辛苦，"寂寞身后事"，"得失寸心知"，听不到明星在演唱会上获得的欢呼叫嚣，为什么人们要从事文学事业？

　　大概文字有无限的魔力，让我尚未蒙尘的灵思，可以超越生活的刻板与烦闷，让我看到未知的世界是多么辽阔，月白风清，鸢飞鱼跃。我 3 岁认字，第一次发现线条组合居然可以呈现意义，是极为震撼的启蒙。5 岁的时候，学会了阅读，发现自己的世界每天呈几何级数在扩大，关公的青龙偃月刀、张飞的丈八蛇矛、赵子龙的银枪、孙悟空的金箍棒，都成了我模拟挥舞的玩具，穿梭在英雄与神魔的世界。我还记得，母亲那年送给我一本图文并茂的《奥德赛》（*Odyssey*），让我看到古希腊英雄漂流在葡萄酒酸醅激滟的爱琴海，遭遇吃人的独眼怪兽，陷入女妖的蛊惑，"上穷碧落下黄泉"，最后回归离开20年的故乡。古希腊的神话故事，直到60年后的今天，依然吸引着我，是我进入西方古典文学的一把钥匙。

真正认真读文学，而且心无旁骛、专心致意，是在13岁那年，寄居在台北郊外的父执家中。书架上有罗曼·罗兰（Romain Rolland）的《约翰·克利斯朵夫》（*Jean-Christophe*）（傅雷译本），厚厚三大本，我日以继夜，一口气读下去，似乎其中有许多深刻的道理，虽然不很懂，却"不明觉厉"，隐然感到胸中充满了浩然之气，配合了当时正在背诵的文天祥《正气歌》。书架上还有蒲松龄的《聊斋志异》，也一篇一篇读下去，词义深奥，文句拮据的时候，就查字典，进入了文言文的狐鬼妖魅世界，感受到一种难以言传的幽深缥缈。

从此爱上了文学，一发不可收。

《风景旧曾谙——叶嘉莹说诗谈词》序

一

白居易曾任杭州刺史，后来又任苏州刺史，对江南美景有过切身的惬意体会。他写过一组《忆江南》词，其中一首说："江南好，风景旧曾谙。日出江花红胜火，春来江水绿如蓝。能不忆江南？"这是曾经亲眼所见、亲身经历过江南的良辰美景，对自然环境予人美感从心底生发的感恩之情。虽然只是一种记忆，但是"风景旧曾谙"的鲜丽生动印象，深深刻镂在脑海之中，挥之不去，拂之还来，凝聚成诗句，传之千古，使得江南美景在自然风光之上，增添了几分人文感怀的美感。

诗人流连湖光山色，发之为诗，表面上只是个人美感想象思维的活动，是个体的艺术展现行为。但若放在历史文化累积的过程中，从接受美学的观点来看，这一点一滴的审美经验，凝聚成语言文字的珠玑，就不只是琳琅满目的诗句，不只是平仄对仗的文字功夫，而是整个文化经年累月蕴积的人文传统。任何一个中国人，只要有一点文化修养，想到泰山，即使从未去过，心目中也会浮想联翩，出现丰富的图景以及无数诗句所描绘的气势，如杜甫的"岱宗夫如何？齐鲁青未了。……会当凌绝顶，一览众山小"。想到杭州西湖，就会浮现白堤与苏堤，想到白居易的"孤山寺北贾亭西，水面初平云脚低"和苏东坡的"水光潋滟晴方好，山色空蒙雨亦奇"。诗不只是文字艺术，它是时间淘洗而留存的人文精粹，是集体记忆凝聚出来的钻石一般的瑰宝。

我在 1978 年夏天初次过访杭州，迎着炙热的阳光走过断桥，在孤山的林荫之中徜徉了一阵，怀想着林和靖在此过着梅妻鹤子的清幽日子。然后赁了一叶小舟，登上了湖心亭，想到张岱携友在此赏雪，已是三四百年前的往事了。怎么到小瀛洲观赏三潭印月的，已经记不清了，只记得湖中有岛，岛上还有湖，而且开遍了荷花，香气袭人。走在蜿蜒的曲径上，里里外外都是荡漾的绿波，古人的诗句突然全都涌向心头。我站在那里，好像悟了道："风景旧曾谙"，"风景旧曾谙"。这西湖风光，我虽然从未见过，却是熟悉的，是在古典诗词中熟悉的。

回到美国，恰好在哈佛燕京图书馆见到叶嘉莹老师，和她聊起初见西湖的经验。我说，最奇怪的感觉是，西湖居然真的这么美，就像古人描绘的一样。我原先不抱什么希望，因为经过了1000多年的观光游览，还不知道被人整治成什么模样呢！叶老师听到此，兴奋得眼神发亮，笑逐颜开，说正是、正是，我也有同样的感觉。总以为西湖经过现代的开发，变成旅游观光胜地，一定变得俗不可耐了，所以很怕去西湖，怕破坏了心目中美好的想象。谁知道见到的西湖，和心中的想象若合符节，一一印证了古人诗文描摹的美感，真是奇妙。

师徒两人一唱一和，都在叙说西湖的美景如何历千年而不变，让在座的朋友不禁好奇，问说，真没变吗？我们互看一眼，相对大笑，只好说，当然变了，只是变得不过分，让人仍然能够勾起思古之幽情，联想到古典诗词中蕴积的美感经验，印证了诗词作为文化的载体，使我们得以上下古今，遨游在时光的长河里，贯穿世世代代累积凝聚的人文感怀。

"风景旧曾谙"，是我们学习与吟诵古典诗词得来的美好经验。

二

我虽然从小就喜爱古典诗词，没事就抱着一本《唐诗三百首》吟读，但真正进入古典诗词的门槛，得窥宗庙之美、百官之富，还是由于叶嘉莹老师的引导。那是1965年的台湾大学，在古旧的文学院大楼的二楼边角，朝着总图书馆边门的24号教室，我旁听了1年叶老师的"诗选"课。印象最深的是她讲《古诗十九首》、讲陶渊明、讲杜甫。她讲课时热情洋溢，神采飞扬，让诗中的每一个字，都随着她清脆悦耳的北京口音，荡漾在教室里，真是余音绕梁，袅袅不绝。

叶老师讲诗，不单是解释字义典故，也不止于介绍学术研究的成果，而是把她对人生的热爱、对生命的讴歌、对生离死别的同情、对豪情壮志的敬佩、对忠义气节的推崇、对淡泊超逸的景仰，借着诗词的讲解，一一向学生倾诉。她就像古典诗词的灵媒，从"关关雎鸠，在河之洲"，到"我自横刀向天笑，去留肝胆两昆仑"，古典诗词全都汇聚在她窈窕优雅的身上，她通过一言一动，展示了中国诗词丰美多姿的想象世界。我们虽然是坐着听讲，但心灵却都翩飞起舞，随着老师的一颦一笑，或喜或悲，翱翔在中国诗词传统之中，体会了屈原行吟的悲苦、陶渊明采菊东篱的悠然、李白举杯邀月的潇洒、杜甫秋兴的深沉蕴藉、李商隐的恍惚迷离……

听叶老师讲课，成了人生最大的享受。上课铃还未响，我们就早早坐满了教室，晚了一步的同学先是坐在窗框上，再来就只好站在走道上，密密匝匝，一屋子期盼的眼神，等着老师走进教室。教室中蕴积着热切的向学之心，酝酿着无限扩展的诗的能量，人人聚精会神，等待着，就像京戏迷听《四郎探母》等着"叫小番"，更像歌剧迷听《托斯卡》（ Tosca ）期待"为了艺术，为了爱"的唱段。叶老师从来没有让我们失望，每一次讲课都能引导我们进入"灵界"，让我们的心灵得以提升。我们都像着了魅，释放了自己青涩的心灵，通过老师的引进介绍，与古人神交，有时还能话话家常，而不感到趑趄不安。一直到下课铃响，只要老师的语音未落，没有人会起身，没有人在乎下一堂课会不会迟到。课室中回旋荡漾的能量，似乎想要延续与扩展每一分每一秒的长度，而师生都特别珍惜这最后延长的分分秒秒，直到下一堂课的同学挤在门口，实在不能再拖了，老师才几度挣扎，脱出诗词的迷魅世界，说下次再接着讲吧。我们收拾书包的时候，总有一种如梦初醒之感，但又觉得内心充实了许多。

叶老师讲课的一大特色是总是超时，到了下课铃响还讲不完预计的课业，因为她喜欢跑野马。她时常向学生道歉，啊呀，我又跑野马了。其实，我们一点也不在乎，因为我们最喜欢听她跑野马。她跑起野马来，是有规可寻的，总是沿着诗词典故与创作想象思维的脉络，举一反三。有时就顺着一条思路，上下古今，可以从《诗经》跳到纳兰容若，又再回到李商隐，然后从字句意象的构筑讲到老杜的"晚来渐于诗律细"。她跑野马时，整个人都投进联想思索的过程，随着思绪的延伸，盘旋徘徊，绕着一个主题，有时是直线的上升，有时是曲折辗转的前进，最后总能回到出发的原点，继续原先预定的课业。我时常感到，叶老师讲课早已出神入化，跑野马就像天才演员的即兴表演，其势不得不然，而且可一不可再，是最为精彩的地方。

我第二次听叶老师的课是 1968 年，她从哈佛大学讲学归来，开了"杜甫诗"一门课，我还是旁听。

听叶老师讲杜诗，有一种特殊的感动，因为她不是只讲杜诗如何如何的好，而是讲杜甫这个人一生的经历，以及如何在颠沛流离之中执着追寻自我的完成，通过诗歌之形式，以最真挚的感情抒发，展现人的生存状态。她在课堂上给我们讲的，是一个真实的人的真实经历，是一个伟大诗人不辞千锤百炼，显示出的平实认真的人格。杜甫是有点迂，是有股傻劲，但同时也真实、诚挚，有一种浩然壮阔之气势，贯穿他的诗篇，不论是喜怒哀乐，都能感动我们的心灵。

多少年后，我和叶老师同在美洲寄旅，遥望故乡归不得。相熟之后，才体会到，她讲杜诗讲得那么深刻，是与她自己身逢乱世、半生漂泊的经历有关。她能够鞭辟入里，充满了感情来诉说杜甫的《秋兴八首》，让我们这群 20 出头的后生理解为什么"孤舟一系故园心"可以牵动后世的心弦，为什么"每依北斗望京华"可以如此令人激动不已，为什么"同学少年多不贱"有着深沉的社会人际意义，为什么"江湖满地一渔翁"并不是超脱，而是生命追求中无法逾越的怅惘。这都是因为她自身体会过类似的遭遇，将心比心，有过生命际遇中类似的心境。她讲杜诗，是用自己生命的经验来讲，自然使我们为之感动。对她自己而言，她一生面临的折磨苦难，在杜甫的诗作中都有"风景旧曾谙"的影子。

三

这几年来我在香港城市大学推展中国文化教学，每学期都调查学生的学习意向与兴趣，赫然发现，同学最不喜欢的是中国古典文学。他们提出的理由是古典文学难懂，文字深奥，又有许多完全弄不明白的典故，"不知道在说什么"，因此不喜欢。

这不禁让我想到自己学习古典诗词的经验，随着叶老师的指点与引导，我从中得了多少愉悦，又从中理解了多少人情的幽微要眇。古典诗词的确有其奥曲深邃之处，并非一看就懂，浅白得老妪都解。然而，古典诗词提供的风光景观，不仅有自然之美，也有人事界的悲欢离合之情，是人人在生命历程中都会经过、都会切身体验的。古典诗词的浸润陶冶，不但可以提升文化修养与生活情趣，得以欣赏与理解美好的事物，而且能够培养平和稳健的心理素质，承受人世间不可预测却又难以避免的困厄灾难，使我们不至于陷入悲情的深渊。

香港的同学学习古典诗词感到困难，或许有文字修养不够的原因，但主要还是因为受到社会急功近利风气影响，太过"现实"，以为古典诗词学了"没有用"，不能作为"搵食"的工具，因此，有一种抵拒的心态。这种轻视人文素养的态度，对整个社会的长远发展是有害的，会导致社会心理秩序的涣散、瓦解，以至于崩溃。我这样讲，似乎有点危言耸听，但近几十年来中国文化圈所面临的情况，正是一种文化解体，令年轻人无所适从的局面。一方面对文化传统缺乏了解与兴趣，另一方面则因内心空虚而产生强烈偏激的民粹意识，激化社会族群的政治冲突。学习点古典诗词，至少让我们理解人世的苦难困顿，古人也经历过，也有如此曲折幽微的心境。通过古典诗词的兴发感动，古人在"风景旧曾谙"的诗境中，得到精神的提升与慰藉，创造和谐的心理秩序，甚至进而体会天人合一的精神境界。这是我们生活在21世纪，仍能从古典诗词中汲取的文化资源，仍能通过理解与阐释得到的文化传承遗产。

叶嘉莹老师在2003年春季学期，到香港城市大学中国文化中心做了10个专题讲座，此外还做过一次城市文化沙龙演讲。她提纲挈领地阐述了中国古典诗学的脉络，并且通过具体的范例，说明古典诗词的演变，更不厌其烦地为同学讲解诗人遣词用字的创作心理与过程。不仅如此，她还经常谈到诗词艺术与文化心理的关系，譬如有一次说到学诗的意义与目的："很多人问我，我们为什么要学诗呢？西方有一位讲接受美学的学者沃尔夫冈·伊瑟尔（Wolfgang Iser）曾经说，阅读是让你的心灵与千百年前的古人相会。其实还不仅仅是心灵的相会，你还可以通过阅读和古人的心灵相通，你可以更进一步地认识你自己、了解你自己，它是对你自己人生境界的一个提升。这也正是读诗的意义和价值之所在。

如果你有很好的兴发感动的能力，如果你会背很多首古诗，那么你随时随地，看到任何一个人物、任何一处风景、任何一个事件，你的心中就会有许多古人的诗句油然兴起，它们可以给你那么多的启发，让你认识到人生的意义。这是多么好的事情！而且还不只如此，如果你也能够作诗的话，你就把你自己的兴发感动也传达出来，使别人也得到感动，这又是一件多么好的事情！"这也是我们进行文化教学的目的。

叶老师在香港城市大学讲课的时候，不但港城大师生坐满了课室，还有许多其他院校的师生及社会人士闻风而至。每一堂演讲，都如春风化雨，滋润着每个听者的心田。我望着老师神采飞扬的神态，心中想，这才是"风景旧曾谙"，中国古典诗词的精神在香港也可以发扬光大。

读书三法

宜记诵在心

古人读书讲究精读、细读、诵读。有人说那是老办法，因为古代印刷不方便，书籍流通不易，既不能随手复印，又没有计算机可以检索，只好记诵在心。还有人说那是已经消逝的上进之途，因为科举考试需要记诵"四书""五经"，以便在考场里驰骋发挥，是谋求功名的捷径。也有人说，古代知识范畴有限，重视的头等知识是经学，都与儒家人文精神（从另一角度来说，是意识形态）有关，属于"吾道一以贯之"的学问，容易背诵。现代的知识范畴广阔得多，物理、化学、数学、生物、工程、医学、法律、商务都包括在内，千头万绪，浏览都顾不上，哪有时间去一本本精读、细读、诵读？

有选择的精读

其实，现代人的说法与批评有点偏颇，是把古人读书法的初阶当成唯一读法，然后判定它跟不上时代，宣告死刑，一棍子打死。古人哪会那么笨？不懂得有的书要速读，有的书翻阅即可？"浏览"一词难道不是古人创的？"一目十行"难道不是计算机式的检索法？

古人讲精读是有选择性的，对象是基础知识书，也就是我们今天说的教科书，是教育制度中规定的读物，不读不行，而且是给初学的学生读的。假如小学生不学几本精读的教科书，还不识字，就教他翻阅法律条文，到计算机上去检索新公布的税则，去参考物理学报刊载的最新科学发现，即使能"一目百行"，他知道读的是什么？能求得新知识吗？

精专穷研　通透烂熟

朱熹教学生读书的方法，有这样几条："居敬持志、循序渐进、熟读精思、虚心涵泳、切己体察、着紧用力。"在另一处说过类似的话："敛身正坐、缓视微吟、虚心涵泳、切己体察。""研精覃思，以究其所难知；平心易气，以听其所自得。"也就是说，要专心致意，不能心浮，要集中精神，仔细熟读。碰到困难不懂之处，就要用心钻研，但同时也要平心静气，急躁不得。

朱熹教学生读书要循序渐进，不要忽前忽后，贪多嚼不烂："读书，须是件件读。理会了一件，方可换一件。……若不与逐件理会，则虽读到老，依旧是生底。"又说："须是专一精研，使一书通透烂熟，都无记不得处，方可别换一书，乃为有益。若但轮流通念，而核之不精，则亦未免枉费工夫也。须是都通透后，又却如此温习，乃为佳耳。"这个道理，今天看来也还是很有道理。但时代变化使青少年一读书就面临挑战：数理化、中英文，诸科并举；教科书、辅读书，众说纷纭。要能专下心来，一本本循序渐进，也真难为了现代的小学生。

　　看来古人说的精读、细读、诵读，还是读书初阶的不二法门，只是在教育制度复杂化的今天，如何让小学生养成专心读书的习惯，恐怕是当今老师们的最大挑战了。

歇后语随时代消逝

因为闹肠胃炎，腹痛如绞，赶紧到药房去买黄连素，以收防炎杀菌之效。药房老板人很好，拿出两种黄连素，一种是有糖衣的，一种没有，并简单做了介绍。有糖衣的比较贵，药性也慢；没糖衣的便宜，药性也快。总而言之，没糖衣的又好又便宜，但是（当然有"但是"，天下好事都有"但是"），很苦。问我，你怕不怕苦啊？

我的中国文化修养突然涌上心头，"良药苦口利于病，忠言逆耳利于行"，忙说不怕不怕。买回家，就着开水服用。一入口，就觉得苦，冲下去之后，苦味犹存，萦绕在口舌之间，余味袅袅不绝，虽然不至于"三月不知肉味"，但是的确是苦了一阵子。不由得就想到流行的歇后语，"哑巴吃黄连——有苦说不出"。现代人吃的黄连都有糖衣，不苦了，这句歇后语的切肤之感也就逐渐丧失，变成了黯淡的套话。我是听了药房老板的话，吃了没有糖衣的黄连，才重新体会了这句老话的新鲜感。

不打灯笼　没有舅父

这就让我想到，有许多歇后语本来都像闪光的宝石，因为时代的变化、社会生活的变迁，逐渐积聚了时代巨轮驶过时翻滚而起的灰尘，而日渐黯淡，以至于全无光彩。像"外甥打灯笼——照舅"，现在听来已经十分有隔阂了。夜间行路，满街都有街灯，谁还打灯笼呢？再过一两代人，人人都是独生子女的独生子女，谁还有娘舅呢？

像"张飞卖刺猬——人硬货扎手"，与现代超市的标价买卖方式不同，而沿街叫卖随时会遭警察逮捕或罚款，谁还敢像张飞那样嚣张？况且，年轻人只读《哈利·波特》，没人读《三国》；只看好莱坞，也不看三国戏了。张飞是谁？年轻人都住在都市的高楼，每天电梯上下、汽车代步，刺猬是什么？

蜑家仔有地可逃

有些歇后语不但有时代性，还有很浓的地方色彩，换个地方就丧失了原来光彩夺目、振聋发聩的效果。像"天桥的把式——光说不练"，虽是流传极广的话头，但其原型却有时空的限制，即是清末民国时期的北京天桥。现在的北京天桥，早已没有以前那种耍把式讨生活的练家子了。不知以后是否还会有一批新的社会流民，同样汇聚在北京天桥，让这句歇后语重新发扬光大？

广东话也有许多歇后语，有的好懂，如"哑仔食黄连——有口难言"，"狗咬吕洞宾——唔知边个系好人"，只是发广东话音的不同。有的就是与地方风俗有关，不好懂，如"蜑家婆打仔——睇你走去边"。蜑家是住在船上的，蜑家婆打孩子，看你跑到哪里去？不过，香港的政策是鼓励蜑家上岸定居，将来的蜑家仔都有地方逃了。

将来，将来会发明新的歇后语。

《金瓶梅》中饮酒与坐马桶的问题

把"酒"与"马桶"放回历史上去

题目的确有点怪，可是问题却是严肃的学术问题。

怎么会出现这么古怪的学术问题呢？那说来话就长了。

《金瓶梅》这本书问世的时候，作者不曾署名，只署了个"兰陵笑笑生"，因此后世对此书作者是谁，众说纷纭，猜测甚多。暂时猜不出作者的真身，就开始以书中语言的使用推测作者的地望。自从 19 世纪 60 年代以来，《金瓶梅词话》（现存的最早版本）中的大量山东土话，是作者为山东人的强烈证据。

但是，这个说法也有许多人怀疑，因为《金瓶梅词话》

中所用的语言，并不纯粹是山东土话，还可能夹杂了各地的方言。近年来有不少语言学者从事书中语言地望的研究，企图确定作者所使用的语言究属何方，迄今还理不出个头绪。看来以方言学研究来解决作者地望的办法，听来虽然"科学"，却不见得行得通。要以方言研究的方法来解决问题，首先得确定：第一，作者是在用他的家乡方言写作？还是以他所知道的"普通官话"在写？第二，此书自原作者写成到出版，其间是否经过他人的改定与语言润饰？第三，由明末迄今，各地方言变迁之迹可以理得清吗？这3个问题确定不了，方言学研究的办法是不可能断定作者的地望的。

有些对作者为山东人的论断持怀疑态度的学者，则探讨起《金瓶梅》书中的生活起居及饮食问题，企图借着这种作者不经心流露的日常生活细节，来断定作者的籍贯不是山东。近年来在这方面探索的学者，有戴不凡与魏子云两位先生。戴不凡指出，《金瓶梅》中出现最多的酒类为金华酒，这种酒名不见经传，当是浙江金华土著所饮，就算流行江南一带，也不可能是山东人的日常所饮。魏子云则指出，书中所写饮酒的情节，都反映了南方人的生活习惯，断非北方人日常所有。他更指出，书中多处描写西门庆家使用马桶，更可确定为南方人的生活习惯。再加上前述的语言问题，以及其他蛛丝马迹，便断言：《金瓶梅》作者非北方人，而是南方人。于是，《金瓶梅》中饮酒与坐马桶，也就成了严肃的学术问题了。

对戴魏两位先生而言，问题似乎已经解决。然而，真的解决了吗？我看未必。让我在此提出一个简单的历史性的问题。对于今天的人而言，金华酒的确是极其陌生的名目，但是，在明代的情况呢？生活在 20 世纪的人，习知南方人坐马桶，总是把马桶与江南联想在一起，但是，明代的北方人坐不坐马桶呢？

可见《金瓶梅》中饮酒与坐马桶的问题，其实是历史问题。不弄清明代社会生活的状况，不弄清明代北方人（特别是山东河北交界一带的人）的生活饮食习惯，遽以现代人日常起居及饮食风尚来确定《金瓶梅》作者的籍贯，实难免缘木求鱼之讥。

以下我就来谈谈明朝人（特别是北方人）的饮酒风尚及坐马桶的情况。由于魏子云先生对这两个问题都做了错误的论断，需要驳正，我们行文也就由辩驳而导入材料，展示历史上的情况。

酒与地望

魏子云在《金瓶梅探原》一书中，详列了一些证据，断定《金瓶梅》书中反映的饮酒习惯非北方人所有。此后便在《金瓶梅的问世与演变》及《金瓶梅审探》二书内，反复申说这些证据，俨然已成定论。因此，我们只好不吝篇幅，看看他在《金瓶梅探原》中详列的证据：

> 北方的酒类，大率为白酒，亦人所共知。可是《金瓶梅词话》所写的酒类，十之九则为黄酒，要不然就是各色的什么木樨荷花酒、菊花酒、橘酒、葡萄酒、甜酒、豆酒之类。他们饮用得最多的一种，是所谓"金华酒"；想必就是今人所谓的"绍兴酒"吧！

> 北方的酒，通常称之为"大曲"，或以其产地的地名名之。像山东的枣庄高粱，苏北的洋河大曲，皖

北的口子（宿县濉溪口）大曲，都是通行于山东的名酒。像偏于鲁西的东平府属，地薄豫晋，驰名全国的汾酒，却也未见写入词话；只有一处写了竹叶青一类。像西门庆家的那分豪奢，像西门庆这位酒肉之徒，几乎天天溺浸酒中，但所食用的酒，竟以金华酒（有时称浙江酒）为主，否则，便是花果酿造的甜酒。只有一处写到"白酒"（56回第16页），还有一处写到"河清酒"（34回第12页），不知是何种酒？还有一处写的是"南烧酒"（50回第2页），这名词亦非北人习称酒类的口吻。特别是93回第8页，写王杏庵送给任道士的礼品名目，列有"鲁酒一樽"，既是一个山东籍的作者，写的故事背景又是山东，这里自称的"鲁酒"，也有悖语意上的常情。想来，只有外乡人才会有这样的口吻。（第28页）

其他如第93回第11页，写陈经济在临清码头上的晏公庙出家，他师父要带着另外几个徒弟，出门替人家做好事去，留下陈经济看庙，怕他偷吃藏在房内的几缸米酒，骗他说是毒药汁，陈经济等到师父们走后，便关上庙门笑道："岂可我这些事儿不知道，那房内几缸黄米酒，哄我是什么药汁……"在山东临清这地方，还有人酿造黄米酒吗？（第29页）

这两段论证振振有词，然而却远非定论，因为其中错误丛出。

说中国北方酒类大率为白酒，即是"大曲"，并认为北方人不太喝黄酒，是以浮泛的印象作为论据，与事实（尤其是历史事实）不符。

明时金华酒在南方身价大贬，北方仍有市场

白酒与黄酒这两种名称，是中国人对谷类酿造酒的两种通称。这两类酒的最大区别，不是外观的白色或黄色之分，而是酿造的技术与程度不同，而产生本质上的差别。白酒是蒸馏酒，是以曲为糖化发酵剂，是糖化与酒精发酵同时进行的复式发酵法生产的，酒精一般在40度以上，也有高到

60 度的。黄酒是压榨酒，在酿造过程中，淀粉糖化、酒精发酵、成酸作用、成酯作用等生化反应同时交叉进行，因而糖分浓度不致过高，酒精度一般在 15 度至 20 度之间。

北方人酿酒，因技术及程序的分别，不仅制造白酒，也同时酿造黄酒。北方人既喝白酒，也喝黄酒。其实，中国古代只有黄酒，以蒸馏法酿制白酒的技术是到了宋元以后才流行的。明代的学者甚至认为，白酒的发明是在元代，是蒙古人传来的。

魏子云认为北方名酒都是白酒，并列举了洋河大曲、口子大曲、汾酒等例，只显示了他混淆今古时代的错谬，因为他的例证都是现代的名酒，在明代并不闻名的。

至于认为北方人会酿造"黄米酒"为不可信，则更是轻率的判断。明万历间人顾起元（1565—1628 年）在《客座赘语》中列天下名酒，有一种即是"京师之黄米酒"。其实，北方人酿造黄酒，一般都以黍米为原料。徐光启在《农政全书》中特做说明："古所谓黍，今亦称黍，或称黄米。……凡粘谷皆可为酒。"宋应星在《天工开物》卷一中亦说："凡粟与粱，统名黄米，粘粟可为酒。"又说："凡燕齐黄酒曲药，多从淮郡造成。"可见不论是黍、粟、粱，明代人都称为黄米，燕齐（河北、山东）一带的黄酒，亦称为黄米酒。于此看来，《金瓶梅》中写山东临清地方有人酿造黄米酒，何怪之有？魏子云的疑问，大概由于他以为黄米酒是"黄色的稻米酒"，与通常认为北方不产稻米的事实不符。其实，明代北方也产稻米，特别是沿着大运河一带，直到北京郊区都有。

关于《金瓶梅词话》第93回礼帖上写着"谨具粗段一端，鲁酒一樽"的问题，魏子云也完全误解了。书中所称"鲁酒"，与"粗段（缎）"是对称的谦逊之辞，是说酒不好，意即寡酒、薄酒，不是指实了"山东酿的酒"。明嘉靖年间山东章丘名士李开先（吴晓铃与徐朔方两位先生认为他是《金瓶梅》的作者），在他的诗文集中就屡屡使用"鲁酒"一词，而他写作那些诗文的地方都是在山东。我们总不能说李开先的诗文"也有悖语意上的常情"吧？看来魏先生对语文的掌握，稍欠准确。

对于金华酒在明清时期逐渐被绍兴酒取代的情形，我在拙文《〈金瓶梅词话〉与明人饮酒风尚》中另有详细论述，兹不赘。在此，我只简单说说明代金华酒在北方流行的状况。

明人顾清（1460—1528年），在《傍秋亭杂记》（成书于1513年以后）下卷说："天下之酒，自内法外。若山东之秋露白，淮安之绿豆，括苍之金盘露，婺州之金华，建昌之麻姑，太平之采石，苏州之小瓶，皆有名。"

列金华酒为天下名酒之一，显然其不只是南方人才喝的。嘉靖年间直隶（今河北）柏乡人冯时化著有《酒史》，其中历数天下名酒，亦列有"金华酒"一条："浙江金华府造，近时京师嘉尚。语云，晋字金华酒，围棋左传文。"可见嘉靖年间金华酒在北方备受欢迎，是可以附庸风雅的高级酒类。

到了万历年末叶，南方的名士对金华酒却无好评。特别是在苏州三白酒流行之后，金华酒在南方身价大贬，境遇与当时昆曲兴盛后的弋阳腔相似，被江南人目为俗滥。然而，金华酒在北方还是有市场的，而且直到乾隆年间还备受欢迎。河南开封人李绿园（1707—1790年）所写的《歧路灯》中，就多次提及金华酒，并且称之为南酒。

其实，单单以《歧路灯》中载有金华酒一证，就可以驳倒戴魏两位先生的论证方式。我们总不会因《歧路灯》中的人物常喝金华酒，而推论出，河南开封人的饮酒习惯非北方人所有，甚而断言李绿园是南方人吧？

坐马桶的习惯起自何时

魏子云在《金瓶梅探原》中，还探讨了《金瓶梅》所写的生活起居，特别举"杩子"（马桶）的使用作为证据，说明作者必定是习惯江南生活的人，才会把世居山东的西门庆家写成使用马桶的。魏先生大概认为这是判断南方人与北方人生活起居习惯的一条铁证，因此在《金瓶梅的问世与演变》中，又重列论据如下：

> 在起居方面，有一件最足以代表江南人生活必需的事，便是便溺用"杩子"（杩桶），北方人便溺用的是"茅厕"，与盆、罐、壶，不用杩子（桶）。但西门家则使用杩子便溺。……光是这一点，已显然地说明

了这位作者，必是一位习惯了江南生活的人士。

俨然铁证如山，不容置疑。

然而，明代人坐马桶的问题解决了吗？当然没有。江南人坐马桶，北方人上茅厕，是近代通行的起居习惯。我们能以此推论出明代北方人一定不坐马桶吗？当然不能。

坐马桶的习惯，来源甚古。徐珂的《清稗类钞》第89卷说："马桶，宋时已有之。"说得没错，但起源还要早得多。北宋欧阳修（1007—1072年）在《归田录》里，记有燕王好坐马桶一事："故观察使刘从广，燕王婿也。尝语余：'燕王好坐木马子。坐则不下。或饥，则便就其上饮食，往往乘兴奏乐于前，酣饮终日。'亦其性之异也。"

可见北宋时人如厕，就使用马桶，而这位燕王居然乐此不疲，坐上去就不肯下来。南宋开封人赵彦卫的《云麓漫钞》说："马子，溲便之器也，本名虎子。唐人讳虎，始改为马。"可知马子本来称作虎子，到唐代以后才改称马子的。

关于虎子的记载，史书中也有不少。孙诒让《周礼正义》中说："虎子，盛溺器，汉时俗语。"《后汉书·献帝纪》李贤注引"汉宫仪"："……侍中，分掌乘舆服物，下至亵器虎子之属。"《西京杂记》亦说："汉朝以玉为虎子，以为便器，使侍中持之，行幸以从。"可见在汉朝时，宫中使用虎子作为便溺器。从考古发现的文物来看，汉魏南北朝墓中常见虎子作为随葬品，想来是日用必需，要随身携带的。出土的虎子，有陶、瓷、漆或铜制的，而以青瓷虎子为多。由出土的墓葬可知，虎子的使用并不限于宫中，民间亦是通行的。

由此看来，中国人最晚从汉朝以来，就使用可携带移动的室内便溺器，本来称作虎子，后改称马子。至于虎子有没有以木制为桶状的，则以文献不足，难以推测。由文献所载，我们知道皇帝用玉虎子，但普通人当然不敢如此僭越；由出土文物看，则有陶、瓷、漆或铜制的，但此系陪葬的明器，与生前日常所用应当不同。无论如何，至迟在北宋时，燕王所坐的木马子，即是后世所称的马桶了。

从北宋到明代，北方人坐马桶的习惯，500年来不曾间断

宋末元初的吴自牧在《梦粱录》中记南宋末年杭州生活，说到当时贩卖的各种家用杂什，如桌、凳、脚桶、浴桶、大小担桶、马子等，又说杭州人使用马桶的情况："杭城户口繁伙，街巷小民之家，多无坑厕，只用马桶。每日自有出粪人瀽去，谓之倾脚头。"这里反映出的情况很有意思：南宋杭州"只用马桶"的，是"街巷小民之家"，因为杭州城内户口太多，这些小民"多无坑厕"。至于大户人家的情况，则不在吴自牧论列之内，想来大户人家在处理便溺方面是不成问题的，要厕所有厕所，要马桶有马桶。因此，吴自牧记载南宋杭州人如厕习惯，与北方人的显著不同之处，是街巷小民之家，只用马桶。换句话说，北方的小民因为居住条件不像杭州城内那样拥挤不堪，还有坑厕可用，不必花钱去买马桶的。至于北方的大户人家，想来与南方大户的生活享受差不了太多，当然会使用马桶。

从汉朝就使用了的方便之器，南北朝至唐代一脉相承，至宋代更有文献可征的木马子，到了明代，会在北方消失

了？像西门庆那样一个豪华享乐之人，会连马桶都没有？西门庆连尿都懒得下床去溺，会不在屋里放个马子？

或许有人问，有没有明代北方人提到马桶与坐马桶的资料？回答是，有的。《古今图书集成》引《嵩阳杂识》，记正德年间大名士何景明（1438—1521年，河南信阳人）一则逸事："何大复傲视一世。在京师日，每有燕席，常闭目坐，不与同人交一言。一日命隶人携圊桶至会所，手挟一册，坐圊桶上，傲然不屑。客散，徐起去。"

这则当众坐马桶的故事，与燕王坐上马桶就不肯下来的典故，可谓臭味相投、先后辉映。于此亦可看出，北方人坐马桶的习惯，从北宋到明代，500年来是不曾间断的。

此外，山东人李开先在他的《园林午梦院本》中，写到红娘骂秋桂。责骂之词是："好一个端马桶的贱人，这般无礼。"挨骂的秋桂是个丫鬟，每日职责之中就有端马桶一项。由此亦可见明末北方人是习于使用马桶的。

从以上的讨论，可以看出《金瓶梅》作者叙述书中人物的饮酒习惯，与明代北方人的饮酒风尚，丝毫没有抵牾之处。书中人物坐马桶的习惯，也与明代北方大户人家的起居习惯相符。当然，这只证明《金瓶梅》作者写书中地域的山东一带，写的不走样，符合明代社会历史情况，一切合情合理，却不能由此证明作者一定是山东人。可是，反过来说，我们更没有任何理由去断言作者是南方人。

至此，《金瓶梅》中饮酒与坐马桶的严肃学术问题，看来是可以结束了。

文学创作与言论自由

一

　　整理旧书，整出一大批有关禁书及图书审查的材料，有中文的，有英文的。中文材料大体分为两类，一类是清朝文字狱档案及禁毁书目，另一类则是历代禁毁的戏曲小说。前者的禁毁理由，经常概括以"违碍"二字，是从政治角度着眼，进行意识形态的扫荡，不准任何"动摇国本"的言论出现。后者则高举教化的大旗，认为戏曲小说有太多"诲淫诲盗"的内容，不利于世道人心，必须坚壁清野，不许老百姓耳目受到污染，像玩偶里的三只猴子，一只双手蒙着眼睛，一只双手捂着耳朵，一只双手封住嘴巴，则"民德归厚矣"。

英文材料也主要是这两类，但侧重有所不同，时代集中在20世纪，大多数涉及色情淫秽的定义，以及在言论自由的原则之下，如何制定图书审查的法规标准。有好几本书都是讨论劳伦斯（D. H. Lawrence）《查泰莱夫人的情人》（*Lady Chatterley's Lover*）及亨利·米勒（Henry Miller）《北回归线》（*Tropic of Cancer*）在欧美法庭的审理过程，探讨如何平衡越轨的言论自由与社会道德秩序之间的矛盾。这类材料很适合国内官员阅读，可以开拓他们的眼界，厘清淫秽的法理限制，以及如何在社会风气开放的变化期间，辨明"情色文学"（erotic literature）与"淫秽读物"（pornography）的分际，妥善处理色情出版物的尺度。

比较引起我兴趣的，是英文材料中涉及文学创作自由与政府图书审查的讨论，因为严肃认真的文学创作与探索有其时代超越性，思考的不单纯是一时一地的政治处境，其中的刻画描述、批评讽刺，或许还有些挞伐，不一定是针对当前政权的正面攻击，而往往是借由虚构的具体情景，反思人类的存在处境。但是，专制政权却总是反应过度，"老虎屁股摸不得"，自己硬要对号入座，愈看愈像自己那张丑陋的面孔，不管三七二十一，判定他是"恶毒诬蔑"，一禁了事。然而，优秀的文学作品却怎么禁也禁不掉，"野火烧不尽，春风吹又生"，因为它有艺术的超越性，它滋长的土壤是人类文明耕耘的心灵，超越特定时代的政治环境与社会生态，可以经得起时间的淘洗，流芳后世。如此，在历史的长河里，专制政权禁书的可笑与可怜就凸显了出来，反映了当权者胸襟的狭窄与虚弱。

这批旧书中，有一本是我在 1989 年买的文集，辑录了名作家对图书审查及禁书的评论，这些评论都曾在一本名为《查禁书刊索引》（*Key on Censorship*）的期刊上登载过。书名有点夸张耸动，叫《枪毙作家》（*They Shoot Writers, Don't They?*），文章倒是相当深刻，作者也都是一时之选，有萨尔曼·鲁西迪（Salman Rushdie）、纳丁·戈迪默（Nadine Gordimer）、米兰·昆德拉（Milan Kundera）、斯坦尼斯拉夫·巴兰扎克（Stanislaw Baranczak）等人。20 年后重读，觉得仍然能够发人深省，特别是对于当今的中国文化人，很有现实意义，值得介绍一番。

二

　　斯坦尼斯拉夫·巴兰扎克是波兰诗人学者，20 世纪 60
年代到 20 世纪 70 年代活跃于波兰文坛，出版地下文学刊物，
翻译了许多英文诗，并介绍流亡海外的波兰文学作品，推动
文学创作的自由化，是当时波兰政府的眼中钉。他在 20 世
纪 80 年代初移居美国，担任哈佛大学波兰文学教授，继续
波兰文的诗歌写作，同时译介了波兰当代诗歌。他的作品很
早就收入了切斯瓦夫·米沃什（Czeslaw Milosz，波兰诗人
学者，1980 年诺贝尔文学奖得主）主编的《战后波兰诗选》
（*Postwar Polish Poetry*，1983 年修订版），作为 20 世纪 70
年代波兰"新潮派"诗人的代表。我在 20 世纪 80 年代初，
曾有一段时间醉心波兰现代诗，对波兰诗人能够使用冷峻精
练的文字，刻画令人愤慨的社会现实，表面上毫无火气，内
里却如即将爆发的火山，感到衷心佩服，因此从英文转译
了相当多的米沃什及齐别根纽·赫伯特（Zbigniew Herbert）
的诗，同时也连带翻译了巴兰扎克。

　　他有一首诗《我从未真的》，很短，却充满自省的张力，

左右开弓，左打波兰政权对人民的压迫，右批知识分子的无能与无奈，力道十足，发人深省：

> 我从未真的感到寒冷，从未
>
> 被跳蚤吞噬，从不知道
>
> 真实的饥饿、侮辱、命在旦夕：
>
> 有时我怀疑我是否有写作的权利

还有一首诗《假如你必须嘶喊，请悄悄地喊》：

> 假如你必须嘶喊，请悄悄地喊（隔墙有耳），
>
> 假如你必须做爱，请熄了灯（邻居有望远镜），
>
> 假如你必须在此生活，请不要拴上大门（当局有权进入），
>
> 假如你必须受苦，请你在自己家里受（生活有其法规），
>
> 假如你必须活着，请你限制自己的一切（一切都有限制）

犀利得像手术刀，深深切入波兰社会生活的肿瘤，暴露专政下的苦难，有口难言，就像他的诗句一样。

他的文章，记述他1971年在波兰与出版社一位资深女编辑的谈话。谈话的重点是他的一首诗《猪肝肠》，收在正要出版的诗选当中，出版社希望他把诗名改一改。资深编辑很有耐心，也很有礼貌地解释："猪肝肠是最低贱、最廉价的猪肉香肠，会让人联想到波兰人都在吃这种下等香肠，而且再继续往下想，就会以为波兰出现肉类短缺的危机。"他一着急，忘了说这首诗与市场猪肉短缺毫不相干，根本写的是另外的主题，天真地回了一句："可是猪肉短缺是事实啊！"资深编辑看着他，语带同情地说："亲爱的同志，我们彼此了解、心照不宣，可是，这首诗是绝对通不过审查的。"

巴兰扎克最后选择撤回原稿，拒绝更改诗题。他事后记述这段往事，最为感慨的是，生活在20世纪70年代的波兰，作家面临的创作环境，就是跟出版审查打交道。作者的创作自由，在层层关卡的限制之下，就像越狱的逃犯，穿越一道道铁蒺藜围墙，即使最后越狱成功，也是遍体鳞伤、血迹斑斑。然而，他同时又感到有点惆怅，因为他在文网密布的环境中，保持自己的信念，拒绝妥协，为良心与真理写作，心灵是自由的，文学创作是理想的追求，给他带来灵魂的提升与快乐。波兰专制政权崩溃之后，文网松弛了，大家可以自由写作了，却好像没有了目标与方向，丧失了自由的目的。

也许中国的老话，在这里用得上："文穷而后工。"巴兰扎克成了哈佛教授、波兰文学权威，生活得太自由、太舒服了，也就丧失了创作自由的快乐。

三

戈迪默的文章叫《作家的自由》（"A Writer's Freedom"），写于1975年，比她获得诺贝尔文学奖的1991年，要早16年，这时正是她在南非对抗种族隔离主义，在小说中揭露南非白人残暴的种族主义与专制统治，作品很快就遭禁的时期。她在文章中思考什么是作家的自由，指出这"是一个作家对他社会周遭，有个人深刻强烈独特的观点，而能维持并向世界发表的权利"。她特别强调，一个作家要忠于自己，忠于自己独特的个人生活体验，要能深入观察人生，写出"他所看到的真理"，而非顺应他人的号召去写作。她觉得，作家所要追求的自由，不只是一般人以为的反专制、反暴政、反对政治压迫，随着"政治正确"而大谈社会正义的言论自由。对于作家来说，社会上还有一种潜在的压力暗地里威胁着他的创作方向，让他变成舆论或清议的传声筒，逐渐泯灭了他独特的社会洞察力与独特的个人声音。一个真正的作家，在写作的时候，必须避免卷入政治运动的纲领口号，避免让自己成为意识形态的发言人。她说："即使身处天使的阵营，作家也要用自己的语言，说出自己观察到的真相。就算遭人指斥会破坏自己的阵营，作家也要保留自己说真话的权利。"

戈迪默的思考，比一般讨论的社会正义与言论自由要深刻，因为她点出，两者之间也可能有矛盾冲突。特别是放到人类历史的长河中来看，特定历史时空的道德与正义，并非永恒不变的，而作家对文化的贡献是文学创作，是提供个人对人类文明的独特反思。伟大的作家之所以伟大，是因为他能超越历史的迷雾，超越特定历史时空的纷扰，以其独到的文字艺术发出睿智的声音，历久弥新。戈迪默说："这是作家造就社会变化的独特贡献。"因此，文学创作必须自由，不管是同志还是敌人，都应该让作家有创作自由，放他一马，让他的特殊禀赋得以发挥。而作家也要具备自省的能力，不要因为自己的个人好恶，被人牵着鼻子走。

戈迪默的自我期许，是作为一个真正的作家，一个在人类历史文化中可以流传长存的作家。她虽然投身正义的阵营，反抗专制暴政，但同时充满了强烈的自傲，明确自己的定位，不受任何干扰，从个人的视角发出自己的声音，尽量避免陷入道德的自满与正义的骄傲。只有如此，一个作家才能得到真正的创作自由，不会受到意识形态的迷惑，不会被伪装成天使的魔鬼诱惑。伏尔泰曾说，民主自由的真谛是，对他不赞同的意见，他会誓死捍卫反对者发表言论的权利。这是明白的表态，捍卫每个人的言论自由，是原则性的正义，好懂。戈迪默所说的自由就幽微杳渺得多，是潜存在作家内心的声音，它必须在创作文学的过程中，努力挖掘寻找，才能像贝多芬的《第九交响乐》，从隐约幽微的乐音，逐渐扩展成汹涌澎湃的乐章。不是真正可以传世的作家，大概听不懂。

中国现代作家之中，鲁迅算是可以传世的了。以鲁迅的禀赋聪慧，应该听得到内心的文学旋律。可惜他到了晚年，真理在手，正义在身，也就写不出《呐喊》《彷徨》《野草》《朝花夕拾》那样的文学作品了。

第三辑

戏剧奇才汤显祖

苏州昆剧院排了一本青春版《牡丹亭》，安排在今年（2004年）4月底到台北演出。组织演出的朋友要出版一本专刊，问我可不可以写篇文章，介绍《牡丹亭》的作者汤显祖？我说，没问题。

一生剧作四部半

于是，就写："汤显祖是明代最伟大的剧作家，昆曲《牡丹亭》的作者。"才写了一句，就停下笔，搔首踟蹰。说汤显祖是剧作家没错，因为他有四本半剧作：《紫钗记》《牡丹亭》《南柯记》《邯郸记》，还有半部没写完的《紫箫记》。

但是，汤显祖当时人却盛称他诗文的成就。是否称他"诗人与剧作家"或"文学家"，才比较全面呢？其实，他创作剧本时主要是按律填词，也就是我们一般观念中的"作诗"。以现代对文类的认识来说，"临川四梦"都是"诗剧"。那么，是否称他为"诗人"更恰当呢？

说他是"最伟大"，虽然只限于明代，不至于刺激到元杂剧的崇拜者，但是否说得太过分、太绝对呢？是否把"最"字去掉，以免有人质问这个最高级形容副词的客观标准何在呢？

唱腔留争议

再说昆曲。我们听到的《牡丹亭》演出，都是昆曲唱腔，自明末清初以来大概就如此。所以，称《牡丹亭》为昆曲，应该没问题吧？且慢，汤显祖当年创作《牡丹亭》，"伤心拍遍无人会，自捐檀痕教小伶"之时，所依循的唱腔是昆腔吗？对这个问题，学者们争辩不休，迄今尚无定论。有的说是汤显祖家乡附近的宜黄腔，有的说是海盐腔，也有人坚持是昆腔。我们大概可以推想的情况是这样的：汤显祖是江西抚州临川人，他的活动范围基本不在苏州方言区，因此，即使他想按字模声，依昆腔作曲，也一定是不怎样地道的昆腔。

所以，要说汤显祖作的《牡丹亭》是昆曲作品，就好像要面试汤显祖，带几分挑衅的口气问他："侬讲苏州话哉？"

于戏剧成就最大

一下笔，就这么多问题，连最基本的情况都弄不清楚，怎样讲给一般人听呢？

反过来想想，关于莎士比亚生平的争论也很多，甚至还有人怀疑根本就没有这个人，人家不也是长长短短、林林总总地介绍莎士比亚是英国文学中最伟大的文学家？

汤显祖是大诗人，可是不如屈原、陶渊明、李白、杜甫、苏东坡那么突出。在现代人的心目中，他最大的成就是戏剧，留给我们最重要的文化遗产是他的剧本，因此称他为"剧作家"，在历史文化的整体脉络中是合适的，也同时恰如其分地反映了我们的认识。至于"明代最伟大的"一说，也合适，除非还有人能提出一个比他更伟大的明代剧作家。

汤显祖创作《牡丹亭》时用的是什么唱腔，我们的确不知道，但流传了几百年的演出版本是昆曲，而且剧本是汤显祖的本子，基本不差。

庸人自扰了一番，又回到原地，写下的句子不删了，接着往下写。

梦回莺啭

汤显祖《牡丹亭》第 10 出"惊梦",在舞台演出时,因其唱做并重,又经常加了"堆花"一场,花团锦簇,多姿多彩,一般改成"游园"与"惊梦"两出,并称"游园惊梦",是中国戏曲中最受欢迎的曲目。这出戏的文辞优美、意象繁复,情思绵绵不绝,令人感到荡气回肠、辗转反侧,不但经常在舞台演出,也是中国古典文学的经典奇葩。

美得令人不安

然而,太美了,美得过度惊艳、令人不安,就有人要挑毛病了。过去有些文人,以诗文为正宗,把戏曲归于下里巴人的小道，就感到惨淡经营的曲文不对路，认为有违戏曲演出的直接感染之道。再加上汤显祖是江西人，对昆腔所用的苏州水磨调多少有点隔阂，不能完全符合苏州文人的音律情调，又不愿改辞害义，屈从曲调音律，就引起很多人的不满。他们抱怨说，观众听不懂啦，文辞晦涩啦，不知所云啦，唱辞别扭啦，音律不协啦，等等。

《牡丹亭》在400年前问世的时候，就有写《曲律》的王骥德说："还魂二梦（指"惊梦""寻梦"二折），如新出小旦，妖冶风流，令人魂销，令人肠断；第未免有误字错步。"先说好，令人惊艳，令人销魂，令人肠断，岂不是好到极致了吗？再反过来，说有"误字错步"，有毛病。汤显祖会写错字、句法不通？当然不是，抱怨的是不符昆腔音律，不尽合拍。

李渔在《闲情偶寄》中，则抱怨《牡丹亭》的词采太典雅而不通俗，使人听不懂，要有人仔细解释才能明其意蕴。"索解人既不易得，又何必奏之歌筵，俾雅人俗子同闻而共见乎？"那么难懂，观众听不明白，何必要在舞台上演出呢？也就是抱怨太高雅了，太深奥了，太不符合普罗大众了，太不尊重工农兵的品位了。

总之，许多人觉得《牡丹亭》晦涩难懂，又不好唱，于是，就有人来改。历代改动《牡丹亭》文辞的人不少，改得好的不多。更不曾有过任何一个版本，能取代汤显祖原词，而广为流传。

妄自删改又枉费心力

以下举"游园"一开始的一段曲文为例，看看原始文本与后来改本的差别，说明这种妄自删改又枉费心力的现象。"游园"一开始，是"绕池游"唱段："（旦上）梦回莺啭，乱煞年光遍。人立小庭深院。（贴）炷尽沉烟，抛残绣线，恁今春关情似去年？"什么意思呢？写的是春天清晨，养在深闺的杜丽娘小姐醒来，要第一次踏出桎梏青春的香闺，去探访春光明媚的大花园了。刚刚起床，她唱道，从梦中转醒，听到鸟儿啼啭，感到四面八方都散布着春光。走出闺房，独自站在深深的庭院中。丫头跟着出来，唱道，香炉里点的沉香已经燃尽，闺房内扔弃的绣花线也不曾拾掇，今年春天又来临了，是不是还像去年一样，让人情思郁闷呢？

难懂吗？原文是有点难懂，但讲清楚了，就可体会文辞优美细腻之处，而且一点也不晦涩。明末的通俗文学家冯梦龙觉得《牡丹亭》原文不好，不够通俗，改编了一本《墨憨斋重定三会亲风流梦》。这一段改订如下："（旦）花娇柳颤，乱煞年华遍。逗芳心小庭深院。（贴）莺啼梦转，向栏杆立倦，恁今春关情胜去年。"改得好吗？当然不好。小姐一上场就看到了花柳争春，到处乱煞了春光，在小庭深院里，还没完全清醒，就已春心大动。然后丫头唱，形容小姐春眠辗转，听到莺雀啼声，起来后就靠着栏杆发懒。

我们不禁要问，冯梦龙笔下的小姐究竟是大家闺秀，还是青楼佳丽？反正，不可能是杜丽娘小姐。

再看看现代的改编本。石凌鹤也觉得原文难懂，影响现代观众，因此，改译成现代人容易理解的文辞："杜丽娘（唱［不是路］）：梦回莺转，忙煞穿帘燕。人立小庭深院。蝶舞花前，懒拈红线，且由它春情胜去年。"原文的"梦回莺啭"，情境太过典雅，现代人不容易体会，"啭"字也不好懂，因此，改成"梦回莺转"。一醒过来，就有莺莺燕燕，飞过堂前，穿梭珠帘，的确是热闹，不过，那"人立小庭深院"是怎么回事？原来不是写寂寞迷惘之情？写的是一醒来便雀跃欢忭，还有蝴蝶在花前飞舞？看来，汤显祖的文辞实在不好改。若是不自量力，硬要逞能，难免被后人讪笑。

马得的戏曲人物

一

在 20 世纪的中国画坛上，画戏曲人物，前有关良，后有马得，而马得的笔墨潇洒自然，画风如行云流水，深得水墨传统的三昧，也更符合中国戏曲艺术的审美情趣。

中国传统戏曲讲求的是虚拟，是写意，是在空无布景的红氍毹上，以唱腔的激昂或婉转，以身段的夸张或收敛，铺陈出大江东去的豪情壮志（《刀会》中的关云长），展现出姹紫嫣红的良辰美景（《游园》中的杜丽娘），化虚为实，化想象为一幅幅惊心动魄的生离死别场景，为缠绵凄美的爱情故事，化剧场为现实人生种种情态的再现，为内心幽微深挚情愫得以展示的空间。由虚到实的过程，是演员与观众共同参与的想象巡礼，更是演员在举手投足之间要展示的深厚功力，因为就像速写人物一样，一点也错不得，一错全盘错，人物性格及内心情感的展现全乱了套，戏味全变了，等着台下叫倒好吧。

关良画戏曲人物，根底是他的西洋画训练，用印象派捕捉光影的手法，以朴拙童稚的笔触，捕捉舞台上变动不居的动作，在剧情关键时刻，像照相一样，咔嚓一声，凝聚了剧中人物的情态，是寓动于静的本事。他的画风最引人注目的是童拙的线条，像儿童初握毛笔，不识笔锋走向，连个横平竖直都勉为其难，乍一看，像小学生美术课交的作业。仔细品味，才发现其中意趣，寓巧于拙，连一条线都吝于顺畅，连个衣褶都崚嶒嶙峋。他不走平顺的康庄大道，偏要在崎岖山径上攀登，倒是能够别出蹊径，让人用崭新的视角重新审视戏曲人物的舞台艺术。

马得的笔墨意趣与关良不同，走的是中国传统水墨写意人物风格。方成说他师承南宋梁楷，又赶紧说"可又不同"，因为马得是漫画家，善用速写手法勾勒人物。虽然说得含混，却点出了马得戏曲人物的特色。第一，他有画漫画的根底，擅长速写人物。第二，他继承的是中国水墨传统，有笔有墨，不仅是漫画的线条勾勒。第三，传统写意水墨的旨趣，不论是宋代梁楷、牧溪的禅意，还是八大的遗世独立，以至于齐白石的"隐于市朝"、丰子恺的和光同尘，都在提升精神意境，其艺术状态是符合自然的。也就是在戛戛独造的追求中，并不故作惊世骇俗的异状以引人耳目，而是尽量以平和顺畅的笔墨，展示内心激昂跌宕的心境，以期达到自我与世界、人与自然的平衡。我认为，马得的戏曲人物画最重要的贡献，就在于发展了水墨写意传统的精神意境，通过"戏场小世界，人生大舞台"，追求中国文化传统独有的审美情趣。

二

马得出生于民国八年（1919 年），姓高，学名高骥，因为他母亲属马，又生于马年，所以乳名叫"马得"，后来用作笔名，反而成了通用的名字。

他在天津长大，16岁那年考入天津的河北省立水产专科学校，学的是渔捞专业。本来是要成为渔业专家的，却在因病辍学期间，潜心学习从小就喜欢的绘画，改变了人生道路。抗战期间接触到汉代瓦当拓本，深受感染，从朴质线条造型的简练夸张手法中得到启发，他的漫画笔法受此影响。1942年得遇漫画人物大家叶浅予，深受影响，使他对速写人物再三致意，奠定了一种植根于民间传统，而又面对现实社会百态的风格与趣味。

抗战胜利后的10年间，马得的创作以漫画为主。1947年的《苗夷情歌》充满童趣，表现了苗家风情的欢乐、直率与缠绵，颇得好评。1955年画的《新列仙酒牌》与次年画的《鬼趣图》已明显采用传统水墨人物画的技法，承袭古代人物画的写意旨趣。其实，水墨写意人物画的旨趣，不只是笔墨技法，还有人物呈现的精神状态及暗示或讽喻性的意旨。这就使漫画的夸张讽刺，与写意水墨人物画的意境有了联系，也使马得作画在凝聚画面意趣方面，得到文化传统的滋养，有深厚的历史文化资源可以汲取。

且看他的《新列仙酒牌》，显然是受了陈老莲《水浒叶子》及任渭长《列仙酒牌》画人物的影响，但却引入了新鲜的现实内容，激活了人物形象。如《睡罗汉》一幅，旁边还有题词："叶上一罗汉，连经都不看。闲来无他事，支颐入梦间。（饱食终日无所用心者饮。）"画的是个坐在蕉叶上的圆圆头中年和尚，烧着香打瞌睡，不但天塌下了不管，连经卷都捆在包袱里从未打开。再如《铁拐李》，蓬头垢面，一脸挖挲的大胡子，挂根铁拐，一拐一瘸的，背上背了个比身躯还大的金丹药葫芦。旁边也有题词："蓬头跛脚铁拐李，金丹藏在葫芦里。人家毛病他全治，就是不愿医自己。（不展开自我批评者饮。）"

有了这些尝试，结合现代漫画笔法与传统水墨意趣，马得开始在传统小说戏曲人物中找素材，开拓新的艺术天地了。1957 年，他画了《北昆彩墨速写》《新编全本黑旋风》，后者却因其反讽寓意而遭到批判。或许是因为政治空气的紧缩，更因为避免政治迫害，马得的水墨画不再进行现实讽刺，脱离了漫画针砭现实的高危区，逐渐深入体会传统戏曲中的人生百态。对艺术家而言，只要追索艺术表现之心不失，"失之东隅，收之桑榆"，这也可说是马得戏曲人物取得大成就的原因。1963年的水墨戏曲连环画《西园记》（已佚）及1964年的《十五贯》，就标志着马得戏曲人物风格的成形。可惜再来就发生了"文化大革命"，全国文艺界批判"帝王将相、才子佳人"，即是打倒了一切传统戏曲人物，马得也只好搁笔。其间也有因缘际会、偶一为之的情况，画过孙悟空大闹天宫、三打白骨精等连环画。

"文化大革命"之后，传统戏曲解禁，马得也一发不可收，重拾彩笔，大画戏曲人物。既画昆剧，也画京剧、川剧、越剧、粤剧，连评剧、黄梅戏也画。不过，他自己说，最喜欢画昆剧人物，尤其喜欢画汤显祖的《牡丹亭》。他画《牡丹亭·寻梦》一折，说："有人说，中国戏曲是诗剧，这话不假，岂止是诗，诗情画意，载歌载舞，色彩缤纷，集各种艺术于一堂，真是花团锦簇，令人目不暇接。这折戏，表现得最充分。"我想，吸引马得的，不仅是昆曲的唱作俱佳，还有整出戏背后的内容与精神，也就是汤显祖坚持了一生的"意趣神色"。在这一点上，马得的艺术追求，与汤显祖是合拍的，承继与发展中国文化的艺术精神，不是回到故纸堆中，而是回顾之后的前瞻。

三

　　黄苗子赞扬马得有"童心"，画得好，是从内心自然流露出来的。他说，马得的艺术有一种意境，"如《老子》所说的'无名之璞'，如婴儿梦中的笑，如流云经空，如无风鸣籁。如开落在幽谷里的花，如无人见过的朝露，如没有照过任何影子的小溪"。黄苗子的博喻，颇像苏东坡一口气用了7个形象来比喻百步洪，说得有点玄了。真正的关键，在于马得经过长期的艺术磨炼与体验，从中国戏曲表演艺术的展演中，印证了他的审美情趣。也就是对人生经历、对每一个具体人物的实存经验，有一种深刻的哲理与艺术的观照，已经超越短暂的时空现实了。

　　黄苗子还说："一般地看来，似乎马得是随意涂抹就能成为绝妙佳作的。其实不然，多年前，我去南京马得家，看到他作画时态度认真得怕人，一个题材，反复画几十遍，换了多少草稿才能一下子'捕捉'住一幅惬心作品。"马得捕捉到的是什么？当然不是照相机捕捉到的实景，而是画家心中理想的意境，是他长期浸润在戏曲审美状态的心灵追求。

且以这次展出的《昭君出塞》与《惊梦》为例。《昭君出塞》中，王昭君的袅娜身段以及去国的悲情，在随意挥洒的赭红淡彩中，表现得活灵活现、自然天成。她抬起右臂拭泪，倾斜的脸庞只用了一团淡彩，两划短短的细线，描出伤心欲绝的眉眼，以最经济也最传神的写意笔墨，画出了昭君"一去紫台连朔漠"的荒凉凄楚心境。马得能画出如此的意境，是汲取舞台演出的艺术展现，而舞台表演的感人肺腑，又来自文化传承中代代相传的想象诠释，这些都是马得画戏曲人物传神的源泉。再看看《惊梦》，杜丽娘窈窕身段的线条明快沉稳，却又优美清雅，一副大家闺秀风范。柳梦梅则以浓墨渲染而出，充满了流动的气韵，让人感到，这风流潇洒的书生刚唱完了前一段《山桃红》，两人正在合唱："是那处曾相见，相看俨然，早难道这好处相逢无一言？"

　　最让人佩服的是，马得能够在画面上表现戏曲演出的流动感。凝视着《昭君出塞》与《惊梦》，时间一久，似乎真可以看到载歌载舞的情愫，听到悠扬婉转的昆曲鸣籁，随着心潮涌起。谢赫论画，首列气韵生动，马得的戏曲人物，可以当之无愧。

我欣赏马得的戏曲人物画，已有 10 多年了，初接触时感到眼前一亮，好像人物正在眼前搬演剧情，演到精彩的节骨眼上，令人想叫好，却又不敢叫，因为正唱在关键上，只好等到间歇才能喝彩。然而，这是画，就此定格了，留下无穷的有余不尽，真是空间与时间的双重留白。

今年（2006 年）因为偶然的机会，得以邀请马得来港，在城市大学艺廊举办"高马得戏曲人物画展"。老先生欣然应邀，以米寿高龄亲临香港，为画展剪彩。我感到十分荣幸，草此小文，布达盛事。

气韵生动袁运生

——序《袁运生画集》

一

　　香港城市大学庆祝 20 周年校庆，请了中央美术学院油画系的袁运生教授，在大学教学楼入口两侧，绘制了两幅宏伟的壁画，于今年（2005 年）8 月底完成。袁运生是享誉国际的名画家，在 1979 年至 1980 年间，曾为当时新落成的北京机场绘制巨幅壁画《泼水节》，以其瑰丽璀璨的风格，轰动了中国的画坛。这次绘制的两幅画，一名《夫子琴思》，一名《万户飞天》，融汇了西方油画传统的技法与中国传统文化精神，有超越，有创新，可以视为中国艺术传统的现代转化，不但是艺术精品，也是中国文化更新的重要探索。

二

回想起来，认识袁运生已有 20 多年了，初会是在纽约。他 1982 年到美国，活动的圈子主要是纽约的艺术界，特别是华人画家聚会的场合。我的画家朋友多，有的也写诗，常有画展开幕或诗歌朗诵的聚会，偶尔我也参加，就这么认识了。他当时很有点名气，因为画了北京机场的壁画《泼水节》，画面上有几个傣族姑娘赤裸着身体，受到一些"左派"的压制。我们在海外十分同情他，因此，袁运生来到纽约，很受大家欢迎，大家都关心他所受的迫害。

在我印象中，他沉默寡言，一头浓黑的乱发遮盖不住炯炯有神又带有几分怀疑的眼光，胡髭也有些杂乱落拓，但是嘴角却流露一种倔强的神情。我和他交谈不多，但感觉他是个有个性、有主见的艺术家，不随和，更不会随波逐流。那时有人认为，他的骨气及胆识可嘉，但艺术成就却比不上欧美近代绘画。我的看法则有些不同。当时我也觉得《泼水节》画裸女的自然流露，放在世界美术史的脉络里，算不得什么艺术突破，而且壁画的装饰性相当强，在展示傣族民间生命力勃发的艺术表现上，稍逊墨西哥画家迭戈·里维拉（Diego Rivera）的磅礴气概。但是，因为我是研究文化意识史的，总是强调历史文化的整体积淀，要从具体的历史环境，看艺术家如何突破与超越客观条件，创造或揭示人类生存的意义，所以，十分肯定袁运生艺术追求的诚恳、真挚与勇敢，认为《泼水节》是他艺术追求的开始，以后的作品一定更值得瞩目。

后来，断断续续还见到运生几次，其间听说他到波士顿的塔夫茨大学（Tufts University）创作了两大幅壁画，而且用了中国古代女娲神话的题材，可是没机会去观赏。我对艺术的兴趣，在80年代末期逐渐由绘画转为戏剧，与画家朋友联系得少了，也就不再清楚他的创作情况，只知道他还是画油画，风格近于德国表现主义，属于狂迈放恣一路。再后来，听说他回了北京，在中央美术学院教油画，心想，他当老师，一定有其特立独行之处。

三

几年前香港城市大学进行校园环境改造时，主事的黄玉山兄就跟我提起，想请袁运生来制作一幅大壁画。我觉得很好，因为当时的港城大校园像个厂房，空间设计只图实用，缺少人文艺术气氛，使得师生都是匆匆而来匆匆而去，从来不想驻足其间，涵泳知识与思想的乐趣。改造校园的计划一波三折，有的因香港经济不景气而取消，有的因大学拨款削减而简化，但是，由于主事单位的坚持与努力，锲而不舍，到了去年（2004年）港城大20周年校庆时，居然排除万难，请到了袁运生。他不但愿意画，还要画两大幅，一幅展示中国文化传统的再生，另一幅则表现中国人探索科技前沿的精神。

为了袁运生的壁画，我曾专程赴北京，造访了他在昌平的画室，和他谈创作的构思。他说第一幅画构思比较容易，画的是一位长须老人抚琴，背景是祖国的山川大地，是世世代代中国人民生长于斯的平野田畴。他原先起名《魂兮归来》，也就是借着琴音袅绕，唤回中华文化的灵魂，再创美好的未来。由于香港的同事听到"魂"字有点心怵，怕招了鬼魂前来，请他改个题目，他倒也不坚持，改作《夫子琴思》。

其实，《魂兮归来》是袁运生 1982 年赴美之前写的一篇文章，写他到西北观摩霍去病墓石刻，参观敦煌、麦积山及龙门的壁画与造像之后，受到了极大的震撼，发出了涌自心底的感怀。他写道：

> 我仿佛见到那些在霍去病墓前手执简陋刀凿的创造者们，面对数以百计的天然巨石，惊喜、雀跃、沉思、冥想、才思横溢地挥动凿斧的情形。他们各显神通、相互揣摩、近睹远观、抚摸心测、放刀直下而毫无顾忌。一切理论、经验、方法都融汇于一斧一凿之中。

对北魏雕塑运用线的巧妙，融汇线体，而达到天衣无缝的境界，他如此感叹：

> 可否说北魏艺术之妙在于它重精神、重情感、重整体、重气韵之贯通而借助于体与线的结合？

在文章的结尾，他呼唤着：

> 追索民族艺术的真精神，才是所谓继承传统的实质。其他的一切，都不在话下。魂兮归来。

他说的"魂"，是中华民族的魂，是这个民族文化创新的精神力量，也是艺术家创作的文化泉源。

《魂兮归来》这篇文章，是1年多前，也就是我们认识了20多年之后，袁运生交给我看的。我这才了解，他到美国时已经有了清楚的艺术追求，已经掌握了丰富的民族文化与传统艺术资源，在摸索线与体的交汇表现，以期达到超越中西艺术"融合"、创新中国艺术的目标。他在纽约的冷眼旁观，与人交往的若即若离，绘画风格近于表现主义的色彩奔放，而又突出线条的走向与流动，原来都反映了画家一贯的"上下求索"。

四

袁运生为港城大画的第二幅壁画是《万户飞天》，灵感来得突兀，构思更是恢奇雄浑，戛戛独造，充满了艺术探索的冥思与乐趣。他一直在想，如何表达人类对科学知识的好奇与追求，如何展现科学家为真理而献身的精神，如何以具体的艺术形象呈现发现宇宙秘密的狂喜。有的人会画个爱因斯坦的头像，蓬松的白发映照着睿智的眼神，有的人会画居里夫人在实验室中忘情地工作，有人会画即将升空的宇宙飞船，有人会画星球的运转与星空的无际，也有人会画中国古代的"四大发明"。可是，这些都是老生常谈的题材，实在激不起他创作的激情，提供不了让艺术飞跃翱翔的天空。

他为了这第二幅壁画，冥思暗想了很久，总是找不到恰当的题材。他告诉我，他大哥是研究科学史的，还为他理了一个人类在科学领域探索的大纲。后来他听到了万户的故事，十分感动，认定了这就是他要表现的题材。这个故事的来源不甚清楚，是研究科技史的人追溯火箭升空的历史，发现明代初年有一个万户（不知是真名还是头衔），为了探索穹宇太空的奥秘，要人把他绑在椅座上，周围系住几十枚火箭，点火升空，粉身碎骨也在所不惜。袁运生认为，这个故事里的万户，为追求理想而置生死于度外，是为真理而献身的勇者，也正表现了科学探索的最高境界。我查了查文献资料，在刘仙洲的《中国机械工程发明史》中找到这个故事，但来源依旧不明。不过，倒是知道，西方科学家发现了月亮背面的环形山，命名为"万户山"，想来也是崇敬万户这种"虽九死而不悔"的科学探索精神，也就不再胶柱鼓瑟，非得找出故事的来源出处不可。艺术创作毕竟不同于历史研究。

袁运生画的《万户飞天》，在线条的运用上更是得心应手，可以呼应他当年看到敦煌造像所产生的激动：

> 你看那些流动在裙与带上的线条吧，几乎平行却有微妙的变化，别致的特征，具有一种秩序，那是理智的平淡，它将你引导于自身，在你视线的褶缝之间留下你思索的轨迹，而且没有一点虚张声势，视觉上是这样的平易，……一览无余，闲适安静，正是这平淡，在一种亲切的气氛中，达到物我两忘的好境界，你也不自觉入于清心寡欲的思绪之中。

画中的万户，手执两面风筝，在空中飞翔，襟怀饱满，鼓动着天外的罡风。一副狂喜不可自胜的心情，在圆睁的双目与露齿的欢欣之中，表露得淋漓尽致。然而，那线条的平稳和谐，线与体的交织融汇，是在"理智的平淡"中，展现发现与探索的激情，"没有一点虚张声势"。

我第一次看到的《万户飞天》，还是悬挂在他画室中的样稿，已经完成了线描构图，只剩修订上彩的工作。我看到绘制完毕的《夫子琴思》时，就很受冲击；看了《万户飞天》，我告诉他：这是中国画，是融合了现代西方绘画技巧，却完完全全表达出中国文化传统精神的画。你一向是画油画的，继承了西方绘画传统的技法，对画面空间的处理是层层傅彩，制造空间的肌理层次与光影效果。可是，这两幅壁画给我的感觉，却是流动的线条成了主调，满幅是盎然生机，完全是中国绘画传统追求的最高境界：气韵生动。这是否反映了你一直追求的绘画境界？是融合了中西画风，浸润在西方传统之后的超越性回归吧？袁运生非常高兴，那天早上和我坐在画室里高谈阔论，一谈就是四五个小时，连午饭都忘了吃。

谈话中他特别强调中国文化传统的重要，引了潘天寿的话："中西学术要推开距离。"他认为，这句话对当代的中国艺术家有振聋发聩的作用，因为学习西方，不是为了跟在西方后面走。中国的艺术传统与理论很高明，用不着费劲去弥合东西方的文化距离，追求"国际化"。其实，"融合东西"这说法不太准确，容易误导。学人家，是为了吸取，为了发展自己，使自己更有生命力。文化不能搞共同，不能搞一致性，太乏味。西方有西方的艺术传统，很好；中国也有中国的传统，也很好。"谢赫六法"的理论，传了1000多年，说得很好，为什么要放弃？"气韵生动"可以涵盖许多，说得并不死……

五

虽说认识袁运生20多年了，然而以前是点头之交，没有深契的来往。直到近两年，因为他画香港城市大学的壁画，才有了高山流水的因缘。他在1996年回到中央美术学院主持油画系第4画室时，在教学大纲中明确指出，要"从发展现代文明的角度研究中国民族文化的精神"，"以此作为发展现代中国艺术的基础和源泉"。现在回头看，这是袁运生再清楚不过的创作理念。经过了几十年的磨炼，锲而不舍的追求，眼前这两幅壮观的壁画，并列在香港城市大学教学楼的入口，明明白白告诉我们，什么是中国文化传统的底蕴，什么是现代艺术的创新，什么是"气韵生动"。

笔透鸿蒙

——杨善深书画精品展

一

石涛在《画语录》一开头，探讨了中国绘画传统技法的本质，做了抽象哲理的概括，提出"一画"之说："一画者，众有之本，万象之根，见用于神，藏用于人，而世人不知。"似乎说得有点玄，让人想到老子的宇宙生成说，也像周敦颐在解释太极的妙用，但是他接着说："一画之法，乃自我立。"就肯定了画家本人对宇宙万物、自然景象、人情悲欢的个人独特洞察，肯定了创作者的主体参与是创造艺术世界的基本动力。"我"是支点，"一画"即可延伸出线与面，以至于立体、实在、有血有肉的山川大地与万物生灵。

伍蠡甫研究石涛画论，特别指出"一画"与中国绘画美学传统强调线条的关系，认为石涛掌握了中国画运用笔墨的精髓，说出了最基本的审美道理。我觉得还可以再进一步，由石涛所说的"无法"与"有法"的关系，联系到"谢赫六法"所说的"气韵生动"与"骨法用笔"。"太古无法，太朴不散"，指的是天地元气，混沌溟蒙之中有一种生生不息的能量；"太朴一散，而法立矣"，指的是人类文明积累出艺术体会的诀窍。因为掌握了骨法用笔，而有"一画"，才能穿透宇宙鸿蒙，随类赋形，再现淋漓的元气，创造出震撼人心的艺术生命。

石涛说："此一画收尽鸿蒙之外，即亿万万笔墨，未有不始于此，而终于此，惟听人之握取之耳。人能以一画具体而微，意明笔透。"这更清楚说明了笔墨是通过内心的艺术领会来展示的，从画家的自心出发，也就是从"成竹在胸"的领会出发，以简驭繁，由一画而亿万，挥洒纵横，终归于整体圆满的结果。因此，万变不离其宗，而这个"宗"就是艺术家理解鸿蒙元气之际的自我。

解说石涛的"一画"，目的在借此阐说杨善深书画艺术的境界，解释我选择"笔透鸿蒙"作为此次书画精品展点题的美学内涵。

二

杨善深是岭南画派的大家，是继"岭南三杰"（高剑父、高奇峰、陈树人）之后的"四大天王"（赵少昂、关山月、黎雄才、杨善深）中，硕果仅存的耆宿，至今仍然勤于命笔，并且推陈出新，创作不辍。他的画风与题材，继承了岭南派融汇中西的精神，兼具文人的诗书修养与画人的摹写自然，不但长于花鸟虫鱼鸷禽猛兽，而且在山水人物方面别开蹊径，画路宽广，不拘一法，对现代国画的发展有前瞻性的意义。

黄蒙田探讨杨善深与岭南画派的关系，指出杨善深的创作生涯虽与高剑父的经历类似，曾经留日习画，吸取日本画与西洋画的养分，又曾师从（至少是亦师亦友）高剑父而深受"折中中西"画法的影响，却因不断追求自己艺术天地的美感境界，终能突破岭南嫡系的樊篱，开创了独特的风格。我完全同意这个观察，并想就此问题，联系到石涛讲的"一画收尽鸿蒙之外，即亿万万笔墨"，多说几句。

岭南画派的前辈居巢与居廉，并未明显受到西方画风的影响，不过，因为强调花鸟的写生，上溯宋代的写实风格，多少为"二高一陈"的新国画奠下了风格与题材的基础。岭南派画风的具体成形，则与清末民初革命风气息息相关，最典型的范例当然就是高剑父"冲决网罗"的创作精神。从题材与技法来看，"二高一陈"都自觉地抛弃明清主流画法画风，求新求变，表露出一种狂放恣肆、破除陈规的态度。艺术要革新，要打破传统，要配合国民革命的理想，要塑造新时代的审美精神，往往就会随着不羁的革命意识，抛弃了传统笔墨所蕴积的美感展现特质。要扬弃传统文人画天人合一和谐精神所衍生的自我封闭心态，要表现物竞天择、人定胜天、自强不息、迎头赶上的积极进取生命意义，"二高一陈"的艺术成品难免有"意识形态先行"之讥，时常以意代笔，在笔墨皴染方面显得粗疏。

从创新国画、开拓艺术视野的角度而言，高氏兄弟的确超越了师承居廉，抛弃了娟秀风雅的花鸟世界，也推倒了以"四王"为宗的文人山水艺术霸权结构，而开创了雄伟恢奇的画风，展现了革命的人生观与积极进取的世界观。因此，也有人指出，高剑父画的是"新天地"，这才是岭南派的始原；居廉画的是"旧世界"，不该算作岭南派。

然而，从艺术史传承与创新的角度来看，笔墨技法的发展演变也是不可忽视的，而艺术成就的最后评判，也并非单纯二分的"是革命还是保守""是进步还是落伍""是现代还是传统"。时代不停演进，现代也会变成过去，变成有待革新的新传统，而艺术家所要展现的个人独特的生命体会，必须借着笔墨技法的造诣来完成。"二高一陈"是辛亥革命的参与者，他们的生命体会与艺术情怀是与国民革命分不开的，因此常有意识先行而笔墨不足之处。赵少昂、关山月、黎雄才与杨善深，都是民国以后的人，人生际遇不同，经历的是抗战、内战、冷战，是支离破碎、莫衷一是的大环境，较少激昂慷慨的革命情怀，而在技法的深化方面各有所长。身处广东的关、黎，以山水为主，继续发展雄奇宏壮的路数；居停在香港的赵、杨，则多画花鸟虫鱼，渐趋平稳冲淡。时代的变化发展，使得"四大天王"提升了岭南笔墨技法，也反映了艺术家本人的人生处境。

作为一生追求艺术的画人，杨善深最关切的是书画，而非政治社会的变革。他经历过漫长而曲折的习画过程，有着内敛沉稳的艺术性格，又挚爱传统文化的深厚底蕴，这些使他在融合新旧中西之际，逐渐脱离岭南派恣肆不羁的革命情怀，展露了自己独特的面貌。最明显的就是，少了飞扬跋扈的革命霸气，多了风流儒雅的文人逸兴。我们由此可以看到，岭南画派因时间的推移，已有清楚的历史阶段可迹。从居氏兄弟（居巢、居廉）到"岭南三杰"是一变，从三杰到"四大天王"又是一变，而杨善深在此演变中扮演了重要的角色。他在花鸟虫鱼方面深化了笔墨肌理，在山水人物方面重新追索文人传统，再度"折中"岭南画风，而且以复古为革新，重新阐释了高剑父乃师居廉的赞誉："吾师对艺术一生的用心，是要解放古人束缚，回到自我表现的境界里，一空依傍，赤裸裸画出我的真面目，在诗化的造型领域中自由发展。"一代有一代之革新，一代有一代之解放，只是对象不同了，而对画家本人而言，则总不外乎自我追求、自我完足的过程。因此，中西可以合璧，古人可以为我所用。回到石涛的话语，则是："夫画，天下变通之大法也，山川形势之精英也，古今造物之陶冶也，阴阳气度之流行也，借笔墨以写天地万物，而陶泳乎我也。……天然授之也，我于古何师而不化之有？"

三

我虽然对岭南画派一直饶有兴趣，却是在 1998 年城市大学创办中国文化中心，我自己来到香港之后，才起意邀请岭南大师莅校，亲炙其艺术。当时想得很单纯，以为身在香港，提倡中国文化，必须有清楚的自我定位，并重新阐释中国文化在岭南地区的特色，而岭南画派的成就是绝佳的范例，可为中国文化教学提供诸多启发。曾有过邀请关山月与黎雄才的设想，都因身体状况欠佳与安排手续复杂而不果，后来二老相继过世，当然成了遗憾。

这次因为得识收藏家杜威先生，谈得投缘，承他妥为安排，联络了几位同好，提供所藏杨善深精品，让我们在城市大学画廊举办"杨善深书画精品展"，又嘱我撰写画册序言，还要标署点题。我推辞不过，只好献曝，略述我对杨善深艺术追求在岭南画派中的地位的看法，难免佛头著秽之讥。

既然已经放肆了，就请善深先生与诸位高明谅宥，容我再蛇足几句，为观赏本次书画展的同学们提示几点：

第一，岭南画派折中中西是众所周知的，长于花鸟虫鱼猛禽走兽，一般不画恬静和谐的山水，有其特殊的时代革新意义。其中反映了20世纪的中国，在画家的思想感情深处是支离破碎的，不再有天人合一的境界，只有物竞天择、适者生存。杨善深的晚期画作，重新诠释山水人物，赋予宁静疏淡的境界，乃至于有点萧散空灵，流露儒雅风范，是否预示着中国的现代心灵又有恬静的一天？特别值得注意的是《竹林七贤图》与春意册页，分别展示了友情与爱情两类情感交流的场景，可以看到杨善深关注有血有肉的个体心灵得以相契。

第二，杨善深人物的面貌都十分相像，男女皆然，不是具体写生，然而却非"千人一面"。这道理就像戏曲舞台上的脸谱，只是个象征，其个性与内心世界是由具体场景与身段动作展现的。在画，则是笔墨的灵动与拙滞，线条的流利与干涩，以及皴染与白描的互动，决定了画中人物的内心情态。我相信杨善深山水人物的复古倾向是一种新的探索，着眼点是寻觅心理秩序的和谐，不再斤斤计较客观外在的写实。

第三，杨善深转入内心世界的探索，并非不重视笔墨的写实，只是不同题材有不同画法。若以岭南画派所长的笔墨技法而言，杨善深在皴揉点染上都有超越前代之处。且看他画的雄鸡，威武昂扬而又沉稳飒爽，其矫健雄伟全在一对距趾之上，这是笔力深厚所臻，也是以书法为画笔的最佳例证。再看看他的猿猴与猫虎，技法变化多端，不胜枚举。对照这次展出的画稿与同类题材的成画，当可窥知杨善深画艺的脉络。他的山水与人物，也应当从书画笔墨的角度来看，才能体会画家的用心所在。

第四，杨善深的书法别树一帜，一方面令人感到突兀怪谲，另一方面又可看到是岭南派枝干画法的真传。曾有人特别指出，其神韵来自《祀三公山碑》及《广武将军碑》。我觉得关键不在于体味篆隶之际的朴拙字体，而在杨善深追求自我展现，在书法中发扬岭南派狂诞不羁的笔法。或许因为他在画风上转趋沉潜内敛，表露儒雅风范，便在书法上随风放缆、任意粗豪，算是一种艺术追求的自我平衡吧。他曾有一幅七言诗轴，很能说明想要表现书法独特面貌之心："意匠如神变化生，笔端有力任从横。须教自我胸中出，切忌随人脚后行。"

最后，有点末节上的观察，也一并献曝。杨善深近年画了不少女体与春意作品，展现男女生意勃发的情态，但表现手法诗情画意、蕴藉含蓄。这与毕加索晚年春画剑拔弩张、龇牙咧嘴的暴露，大不相同。但是，画家晚年着意描写生机盎然的男女情态，总是表现了对天地间生生不息的能量，有着无穷的兴趣。这是对生命的讴歌，也展示了画家老当益壮，艺术的精进未有穷期。

深圳博物馆玩味明清书画

这 1 年多来，我去过好几趟深圳博物馆。朋友问，你去深圳博物馆看什么？看他们展示的市政发展，还是自然博物展？我连说不是，不是看那些表扬市政、严打罪犯、如何发扬邓小平南行精神的展览。我去看的是商周青铜器、汉代陶俑、宋元明清陶瓷以及明清书画收藏。朋友听了大吃一惊，深圳还有这些文物字画收藏吗？我说，不但有，还数量可观。我跑了好几趟，就是为了安排一次明清书画特展，在今年（2004 年）10 月底，假香港城市大学艺廊举办。

朋友问，有好东西吗？

当然有。你沉住气，听我讲讲。

祝允明草书恣肆放浪

先说书法。有一轴祝允明的草书《晚晴赋、荔枝赋》长卷，长 457 厘米，可列为一级国宝。祝允明晚年的草书恣肆放浪，融汇前人笔法，而又不为常规所拘，变化多端，是明代书法最受瞩目的艺术创新。这幅长卷作于嘉靖元年（1522年），是祝允明 62 岁的作品，笔势纵横凌厉，结体侧险，抑扬跳掷，宛似烟花迸放，给人一种难以预料的兴奋。

现在的年轻人因为不练书法了，对书法的认识与欣赏有了隔阂。但同时因为还认识字，从书刊或计算机中长久学得整齐划一的印刷体，受到毫无个性字体的长久熏陶，"近朱者赤，近墨者黑"，反而比完全不认识汉字的洋人更难以平心静气去欣赏龙飞凤舞的草书。我时常告诉青年人，假如肯欣赏西方抽象画艺术，假如对杰克逊·波洛克（Jackson Pollock）或弗朗茨·克莱恩（Franz Kline）无限倾倒，只要沉得住气，撇开你的成见，打开你自我封闭的心灵，面对着祝允明的龙蛇游走，就一定能够得到无限愉悦的艺术感受。

董其昌行楷秀美流畅

　　再有一幅是董其昌的行楷《临颜平原争座位帖及送刘太冲序》，秀美流畅，容易欣赏得多。董其昌说是临颜真卿，但是笔势结体都不似颜真卿的丰腴厚重，反倒是循着杨凝式、米芾一脉，多了些淡雅洒脱，一看就是典型的董其昌。许多人都说，中国书法正宗主流就是二王（王羲之、王献之）一脉，颜肥柳瘦只不过是二王体系的内部变化而已。宋代的苏黄米蔡、元代的赵孟頫，一代代巩固了这个以二王为宗的书法体系。到了董其昌，更是刻意发挥二王书法的秀媚特性，甚至表现得有点柔靡了。然而，秀媚柔靡的确是美，给人销魂婉转的美感。

　　两相对照，就显出祝允明书法的恣肆不羁，正是打破传统格局，显示独创精神的新风。这种极具个人独创色彩的书法，在晚明蔚然成风，由徐渭、张瑞图到王铎，又从明末四僧延续到扬州八怪。我从深圳博物馆选取了王铎、王了望、黄慎、郑燮、伊秉绶、何绍基的作品，就是为了显示这个明清时期发展出来的书法新格局。当然，这个新格局的长足发展也与清代碑学大盛是息息相关的。

藏画作品十分精彩

深圳博物馆的藏画，主要来自邓拓与商承祚两家的收藏，有些十分精彩的作品。邓拓收藏中，有两幅直轴大画，一是《文会图》，绢本设色，195厘米乘136厘米，人物神态鲜明逼真，是幅仿古的好画。更让人惊艳的是《云岭飞瀑图》，绢本设色，321厘米乘144厘米，气势逼人。这幅画没有署名，但气韵生动，仙山楼阁缥缈于崇山峻岭、层岩叠嶂之中。应当是吴彬或其弟子的佳作，不是普通的摹品。

此外，喜爱山水的人，一定会钟情于徐枋的《仿巨然山水图》、汪琬的《竹林清夏图》、吴令的《坐看云起图》、黎简的《奇峰古刹图》。有两幅山水扇面，一为祁豸佳所画，一为王原祁作品，也都赏心悦目，令人流连。

喜欢花鸟的，更不会放过陈淳、郑燮（板桥）、居廉与任颐（伯年）。我特别喜爱板桥画的风中之竹，飘逸有致；而任伯年的《桃花白鸡图》左下角有一方"邓拓欢喜"，也为此画平添几分趣味。

　　要一一道来，还不知有多少话说，不如就此打住，请你
10月底到香港城市大学艺廊来观赏吧。

建构空间的书法

——与董阳孜对谈

一

　　认识董阳孜有好些年了，觉得她是个有趣又可爱的人。她的字师法颜真卿，气韵饱满，结体谨严，又有流畅妩媚的韵道，耐看。我们都喜好昆曲，因为昆剧正式演出的机会不多，反倒是每次演出时，胜友云集，所以常在剧院见到面，总是谈戏多，很少谈书法。有一次我请她到香港城市大学来，讲讲书法艺术，她摇着双手，连说："我不讲，我怕，我上台就害怕，我是家庭妇女，不会讲。"好像我设了什么圈套，要陷她于不义的样子，弄得我于心不忍，只好说：

"好了，好了，不逼你。下次给你办个展吧，不要你讲话。"其实，董阳孜不但会讲话，还很喜欢讲话，讲起来滔滔不绝的。只是她有艺术家的个性，不愿意在公众场合讲。私下朋友聚会，她"演讲"起来，可是动听极了。

去年初我在台北，董阳孜说她在历史博物馆有个大型展览，要我去看。我去了，她笑嘻嘻地站在门口等我，好像一个大姐姐，正要打开匣子里的玩具，展示给弟妹观赏。我进去一看，大吃一惊，因为有的作品一件就占满了一面墙，一个字有人这么高，元气淋漓，龙飞凤舞，气势磅礴。我说，你的书法有气派，我是知道的，可没想到有这么大的气派，如泰山压顶，黄河决堤，太吓人了。她就站在那里笑，笑得开心，一点也不像"家庭妇女"。于是，我们就开始筹划，如何把这个书法展搬到香港，如何也让我们的学生得点艺术的震撼。筹划的细节我就不讲了，让我伤透脑筋的是，这批作品气派太大、件数太多，我们艺廊的空间太小，如何展现呢？后来幸亏得到科技大学图书馆的协助，与我们同时合办，把作品分两地陈列，才解决了问题。

二

　　我问董阳孜，她是怎么开始接触书法的。她说，是她的父亲想她跟弟弟不要乱跑，在家安安静静的，就给了他们字帖，学写字。她那年 9 岁多，学的是颜真卿的《麻姑仙坛记》，一写就入了迷，停不下手。我就想起自己小时候，父亲也要我写字，从描红开始，我却始终坐不住，所以字也写不好。阳孜从小就喜欢写字，当然是天生有此性向，却不见得是遗传，因为她的弟弟就坐不住，她的女儿居然还嫌写字会脏手。

　　董阳孜初学书法，每天习小字 200 个、大字 100 个，从不觉闷，只感到兴趣日加浓厚。如此，当然进步很快，也练出了功夫，中学时就显示了才华。17 岁那年，得了"中日亲善教育书画展金赏奖"，受到肯定，更加深了自己的兴趣。不过，她声明，自小对比赛没有太大的兴趣，当时得的奖项，都是老师拿了她的作品去参加比赛。她也没有想到，将来会以书法作为自己的事业。

　　我问她为什么决定去上师大艺术系，她说，本来是想念建筑，做建筑师的，可惜化学成绩不好，只好改考艺术，因为当年建筑是属于理工科的。我说，这很有意思，因为书法的结体，也是笔画结构与空间的处理，很可能你对建筑的兴趣，跟这个有关。阳孜也相信是，并说："现在台北有很多建筑师、设计师，特别喜欢我的作品。他们就说，从我的作品里，看到三度空间。"

三

董阳孜这次展出的作品，都是大字，最大一幅作品，有12尺乘15尺，气魄恢宏。有些人疑心她是用两支笔，先写小的字，再写大的，其实不是。她说："我非常传统，我一定是从右边第一个字开始，写到左边最后一个字，所以，一个字连起来而且不断气，一气呵成，这才是书法的精神。"她在构图方面，先用小纸片起草稿，胸有成竹之后才落墨，有时可以一挥而就，有时却不得不写上数次，因为同样笔画，可有不同写法，一笔一画，都力求完美，不想有丝毫瑕疵。

我觉得她书作的整体构图，与她对建筑空间的兴趣及留美时专攻油画有关，她也同意。中国传统书法的呈现方式，有其实际的功用，比如说对联、中堂，怎么挂法，跟居住环境、空间，以至整个生活形态有关。而现在的中国人生活环境改变了，书法与生活逐渐无关，成了独立的艺术作品。如此，作品的构图考虑，也就与传统的环境不同了。董阳孜虽然认为西画跟书法之间没有什么直接的关系，但是她个人学油画，都是画大幅的，所以觉得在大的平面上，可以来结构自己想要表达的东西。因此，无论是构图或造型，学油画的经历丰富了她对书法的看法。

董阳孜还谈到，她很欣赏于右任的草书，线条非常优美，空间安排十分精致。但是，再怎么说，他都是在写字，在写承载着意义的中国文字，经常是一些诗句。这一点是董阳孜坚持的文化传统，就是想用中国文字的结构，去表现一张画面的同时，也不忘记文字是意符，有特定的意义，所以，呈现的文字也传递了书家想要表达的感觉。

四

　　我们就由此谈到了西方的艺术家，如弗朗兹·克莱恩和莫里斯·路易斯（Morris Louis）等人，都受中国的书法影响。阳孜认为，"他们不懂笔墨，只是拿着笔挥洒而已。那么，我就要告诉他们，我们中国毛笔是有 discipline（节制）的，而且，可以控制得非常好，我要在这么大的空间中表现出来"。我觉得她说得很好，因为现在有些抽象水墨画家，着眼的只是一种通过水墨渲染的纯粹线条，跟中国文字无关。阳孜是认为，与文字无关，与书法传统无关，就缺少控制，缺少书法的节制。

　　我说，那种所谓展现东方艺术风格或气息的尝试，是一些抽象画家寻求自由的方式，禅也好，老庄的回归自然也好，都是要探求艺术解放。可是，艺术创作有一种表现的脉络，特别是中国的书法，有其传统。中国书法过去可能讲结体、讲家法、讲流派，讲得太多了、太紧了，规则太严了。那么，你怎么松开它，同时又能有创意，才是书法的解放与创新，而不是撇开中国文字，只玩线条，因为艺术本身不是一种完全自由的解放，艺术是一种有控制的解放。董阳孜听了大为高兴，说："这个我同意！"

其实，我们都同意，认识文明与艺术的传统与限制，才能有所掌握、有所突破、有所超越。创作的自由翱翔，来自掌握了所有的限制之后，能够有的一点新发展。假如完全漠视传统，一开始就抛弃前人的成就，践踏过去的贡献与成果，就难免有点狂妄，也难有大成。

（注：香港城市大学艺廊与香港科技大学图书馆，由2001年2月12日至3月18日，联合举办董阳孜女士书法展。我趁阳孜来香港布展之便，与她在香港电台普通话台做了对谈。我们谈话是闲聊式的，天南地北，随兴而发，但大体上环绕着书法艺术这个议题。以上的对谈部分，是由我的助理周立民转录整理之后，由我改写的。）

笔墨如何激滟

宗白华《中国书法里的美学思想》一文，说中国古代书家在写字的时候，要想让笔下的"字"表现出生命的态势，"成为反映生命的艺术"，"就须用他所具有的方法和工具在字里表现出一个生命体的骨、筋、血、肉的感觉来。……通过较抽象的点、线、笔画，使我们从情感和想象里体会到客体形象里的骨、筋、肉、血……"这种把书法本身当作有生命的形体，固然强调的是艺术体会的移情作用，但更重要的是，反映中国传统美学思维中"天人合一"的精神，企图通过人为的艺术发抒，达到自然所展现的天工，创造情景交融的意境。

书法讲究笔墨，用笔墨展现有生命的字形，最自然的联想当然就是人体本身的筋骨血肉。早在传为卫夫人的《笔阵图》中，已有"筋、骨、肉"的说法："善笔力者多骨，不善笔力者多肉。多骨微肉者，谓之筋书；多肉微骨者，谓之墨猪。多力丰筋者圣，无力无筋者病。"这里强调的筋骨，就是线条艺术的骨架与结构。书法艺术最基本的特质，是空间结体的线条安排与灵动。要结体美观匀称，首先就得讲筋骨，骨是柱础与梁檩，筋是综绾建筑的结构技巧。然而，既用人体作为譬喻，则有骨无肉只是骷髅，血脉不通则为僵尸。因此，古人论书又大讲血肉。南朝王僧虔就说："骨丰肉润，入妙通灵。"这个说法，想来一定让苏轼听得入耳，不单是因为东坡的书法以肥腴见称，还因为他明确说过："书必有神、气、骨、肉、血五者，缺一不为成书也。"

有关书法的"神气骨肉血"，古人的讨论很多，有些甚至做出相当机械化的技巧分类，长篇累牍探索运笔用墨的骨肉筋血之法。如元代陈绎就提出极为具体的操控秘密，在《翰林要诀》中告诉我们，书法要诀可以明确到"水者字之血也""大指下节骨也""字之节，笔锋过是也""字之肉，笔毫是也"等等。对于这种过于烦琐而机械的说法，我们不能太过认真。若要奉为指南，不过是塾师教小学生练字，并不能圆满解释书法艺术的精髓。我们要记得，说书法的笔墨结体有其筋骨血肉，是为了形容艺术展现生命流动的譬喻，而譬喻是永远不能竭尽其比喻的本体的。

古人讲用笔，有各种各样的技法，有中锋、侧锋、藏锋、出锋、方笔、圆笔、轻重、疾徐，五花八门，不一而足。关键还是在，如何利用毛笔的特性，通过水墨，在各种质地的纸张上，展现线条美，也即是如何在空间中表现点、线、面的艺术感，而能触动我们的心灵。

说到底，书法是线条艺术，也是空间中线条流动的艺术。字迹流动的空灵或滞重，牵动人们的情感与脉动，影响人们的心境与情绪。再加上文字内容所蕴积的文化感染，便会编织出错综复杂的艺术展现，凝聚成生生不息、可持续发展的书法艺术传统。

在中国文化传统中，"书画同源"是长久以来积累的共识，反映了汉字有其象形基础的特色。古人论画，时常探讨书法精髓，分析线条流动所萌生的自然韵律。唐代张彦远在《历代名画记》中说到草书之体势："一笔而成，气脉通贯，隔行不断。惟王子敬（王献之）明其深旨，故行首之字，往往继其前行，世上谓之一笔书。"这里说的"一笔书"并不仅仅说的是草书，也不是民间写"一笔虎"那种一笔字，而是说通篇一气呵成，让个别字体与全幅文字相互照应，气脉贯通。后来石涛在《画语录》中，更联系到天人之际，将其发扬光大之："一画者，众有之本，万象之根，见用于神，藏用于人，而世人不知。"似乎说得有点玄，但接着讲"一画"之为用，却明明白白说的是书法艺术的体会："动之以旋，润之以转，居之以旷，出如截，入如揭。能圆能方，能直能曲，能上能下，左右均齐，凸凹突兀，断截横斜，如水之就深，如火之炎上，自然而不容毫发强也，用无不神而法无不贯也，理无不入而态无不尽也。"

石涛所说的笔墨奥妙，虽然源自鸿蒙，但还是要通过个人的艺术体会，才能上天下地，无所不能，金石水火，无不贯通。其实，说的就是精研前人累积的传统，在磨炼砥砺之中，找到自我完足的艺术展现方式，把自己的艺术体会倾注于笔墨的发挥。如此，便能如庄子《逍遥游》中说的鲲鹏，上天入海，无往而不利。

文徵明曾经批评明代人不肯学习传统的精华，只会耍弄些花拳绣腿的技巧，要不然就是泥古不化、抱残守缺。他说："自书学不讲，流习成弊，聪达者病于新巧，笃古者泥于规模。"要写好字，必须具备书学功夫，融汇古人传承下来的艺术展现，同时还得胸中自有丘壑，学习古人而能自出机杼，内化传统，表现出个人的艺境。

"叠山理水——苏州园林艺术展"序

一

说到中国园林艺术，稍有古典文学基础的人心目中都会浮现王维的辋川别业，因为这位唐代的大诗人写过一批吟咏园林的名诗。他为辋川别业写的一组绝句，其中有几首特别脍炙人口。如《鹿柴》："空山不见人，但闻人语响。返景入深林，复照青苔上。"《竹里馆》："独坐幽篁里，弹琴复长啸。深林人不知，明月来相照。"这里呈现的山林之景，已经不是完全自然状态的山水图景，而是经过巧手安排，蕴含了人文美感的空间。

王维还绘有《辋川图》，通过空间审美的想象，营造了诗情画意的境界。《唐朝名画录》曾说到王维笔下的园林图景，"山谷郁盘，云水飞动，意出尘外，怪生笔端"。也就是指出，山水经过安排调理，已经"看山不是山，看水不是水"，有特殊的美感与意境，超乎自然，巧夺天工了。

古人总是说王维"诗中有画，画中有诗"，那是因为王维的诗与画都浸润了一种人文渗透自然的理念，在山水之间寻觅"天人合一"的美感经验。其实，也不止于诗与画，他的《山中与裴秀才迪书》是篇散文，也同样洋溢着天籁与人文灵气交融的气氛，其中有诗、有画，还有乐。他写自己回到山中的辋川别业，在冬夜独处山林，不禁想到相契的好友裴迪，想到过去携手赋诗的情景："北涉玄灞，清月映郭，夜登华子冈，辋水沦涟，与月上下。寒山远火，明灭林外，深巷寒犬，吠声如豹，村墟夜舂，复与疏钟相间。此时独坐，僮仆静默。多思曩昔，携手赋诗，步仄径，临清流也。当待春中，草木蔓发，春山可望，轻鲦出水，白鸥矫翼，露湿青皋，麦陇朝雊。斯之不远，傥能从我游乎？"从冬日园景的寂寥，想到友情的温暖，再联想"冬天来了，春天还会远吗"，然后就想到春日草木葳蕤、鸢飞鱼跃，希望好友能够一道游赏。

王维所写的山林之乐，长期以来影响了中国文人雅士的想象。空间审美安排的格局，从具体的建筑景观，上升到精神境界的营造，在追求自然与人文和谐相融的过程中，通过叠山理水，顺着自然原有的状势，再造自然。所谓叠山理水，巧夺天工，就如陆游说的"文章本天成，妙手偶得之"，是顺应天然形势的再造，而能唤起人们对空间适意的美感呼应。

二

王维描绘出的山林逸趣，充满了人文情致，这在王羲之的《兰亭集序》中也可看到。王羲之写兰亭修禊，在稍加人工点缀的山林之中，"群贤毕至，少长咸集。此地有崇山峻岭，茂林修竹。又有清流激湍，映带左右。引以为流觞曲水，列坐其次。虽无丝竹管弦之盛，一觞一咏，亦足以畅叙幽情"。在这种人文荟萃的气氛之中，因为人间情趣的回荡，郊野山林化为亭园胜景，"所以游目骋怀，足以极视听之娱。

信可乐也"。可乐的,不是大自然的蛮荒美丽,不是令人惊愕敬畏的深山幽壑,而是可以吟咏作诗、饮酒为欢的亭园山林,是可以提供温馨家园别业感觉的风景。

王羲之所写的兰亭,野趣尚多,人工较少。比他早半个世纪的石崇,建造河阳别业金谷园时,叠山理水的规模就比较壮观了:"其制宅也,却阻长堤,前临清渠,柏木几于万株,流水周于舍下。有观阁池沼,多养鱼鸟。家素习技,颇有秦赵之声。出则以游目弋钓为事,入则有琴书之娱。"(石崇《思归引并序》)这可能是承继秦汉以来宫廷及贵族营造园苑的余绪,但是,石崇明确指出,他造园的目的在于退隐,在于摆脱权位所带来的人间烦恼,在于回归自然,则与皇室勋贵那种圈地炫耀式的御苑不同。他在《金谷诗序》中说到,建成金谷园,林泉果树俱有,鸡猪鹅鸭毕备,物质享受的条件充裕。有朋友来了,便可"昼夜游宴,屡迁其坐,或登高临下,或列坐水滨"。既可欣赏音乐鼓吹,又可饮酒赋诗,以消永日。

从石崇到王羲之,再到王维,可以见到私家园林营造,从魏晋到盛唐的发展,有着个人主体精神展现的深化,与山水诗和山水画的发展脉络，若合符节。其中最重要的演化过程，就是出现了以个人为主体的审美意识。把个人对周遭环境的适意感知，发展成对于外界自然空间的客观认识之基础，借着"天人合一"的思维架构，内化为人与自然关系和谐的审美意识，再投射出去，叠山理水，以人文精神融汇自然，再造自然，同时也重新构筑了人与自然的关系。

三

这种从园林的小天地得窥宇宙自然奥秘的思维脉络，从魏晋人文醒觉以来，一直发展不断，经历唐宋元明清，形成中国园林美学的人文特色。明末计成在《园冶》的自序中，就明确表白，他的园林设计的美学基础来自关仝与荆浩。其实，配合稍早的董其昌提倡文人画，努力建构以王维为先导的南宗画派之说来看，计成心目中的造园圭臬，就是这种人文化的叠山理水理论。

计成在《园冶·园说》一章里，综论园林的特色，一开头就说："凡结林园，无分村郭，地偏为胜，开林择剪蓬蒿，景到随机，在涧共修兰芷。"这里显示的造园思想，关键在"地偏为胜"与"景到随机"。

"地偏为胜"就是摒除混杂人间的污染与干扰，在自己构筑的天地里享山林之乐。王维在山中建辋川别业与石崇在林野修金谷园，都是这个意思。文震亨《长物志》一开头讲"室庐"，也是同样的意思。不过，文震亨与计成一样，都是明末的苏州人，生活在市廛繁华的苏州，如何在喧闹繁荣的都市之中找到一片"地偏"的园林小天地呢？

文震亨告诉我们，有办法："居山水间者为上，村居次之，郊居又次之。吾侪纵不能栖岩止谷，追绮园之踪，而混迹廛市，要须门庭雅洁，室庐清靓。亭台具旷士之怀，斋阁有幽人之致。又当种佳木怪箨，陈金石图书。令居之者忘老，寓之者忘归，游之者忘倦。"

当幽居山林已经不实际或不可能的时候，就要在都市中创造一片属于自己的天地，要有"旷士之怀"与"幽人之致"，发挥文人雅士在空间想象中的审美调度能力，叠山理水，构筑出一片恬静幽雅的山水。

明清以来的苏州园林，隐藏在都市的巷陌之中，迂回婉转，小巧玲珑，有山有水，就是为了拥有一片自己的天空与山林，可以调养隐遁的林泉之致。

四

如何在市廛之中找到一片隙地，又得以转化成充满了天然情趣的园林呢？关键就在于计成说的"景到随机"，要顺着天然的势态，随机应变，"虽由人作，宛自天开"。计成《园冶》整本书分析探讨了造园的妙诀，而今天尚存于世的江南园林，特别是苏州园林，就具体展现了这种城市山林的风貌。陈从周曾以"后花园的美学"来形容苏州园林的特征，又引《红楼梦》所营造的真真假假、假假真真、假中有真、真中有假，来说明园林美学的虚实相间、阴阳相济，其中蕴含着中国文化的精髓。

计成在《园冶》的自序里，谈到自己造园的经验，说有人在城东得了15亩地，请他设计园林。他先观察地形，发现地基很高，又寻究水源，发现水源很深，有高大参天的乔木，又有低垂盘虬拂地的树枝。于是，他决定因地制宜，借着天然的条件，突出山水画中的奇兀野趣。他不仅叠石让高地更高，又顺势挖土让低地更低。如此，"令乔木参差山腰，蟠根嵌石，宛若画意。依水而上，构亭台错落池面，篆壑飞廊，想出意外"。计成对自己的设计十分满意，认为这种因自然之势构筑的"画意"，创造了一片新天地。

五

苏州园林是目前存世最精彩的一批中国私家园林。联合国教科文组织评定世界文化遗产，首先选择了拙政园、留园、网师园、环秀山庄，后来又接着列出沧浪亭、狮子林、艺圃等处。这些园林已经经历了许多沧桑，不复旧貌，特别是减少了山林野趣，而成了精致的游赏性花园了。但是，其建构的基本精神还在。还可从中体会中国园林纳天地于园庭的审美意向；徜徉在弯曲回转的小径，得到"山重水复疑无路，柳暗花明又一村"的惊喜；歇憩在叠垒的假山一角，看清流潺潺流入深潭，缅想"行到水穷处，坐看云起时"的闲适境界。这的确是中国传统美学最精粹而又最具体的呈现。

香港城市大学中国文化中心与苏州古典园林单位华艺文化（原苏州园林局设计院）合作策划的"叠山理水——苏州园林艺术展"，在港城大艺廊举行，就是希望带领香港城市大学的师生及社会人士走进这一片美妙的空间，并从中体会园林构筑的艺术天地。

宝相庄严

——序常万义先生所藏佛教造像展

一

1996 年 10 月，在山东青州龙兴寺遗址发现了大批窖藏佛教造像。因其数量大、制作精美、贴金彩绘保存完整而轰动一时，被选为当年全国十大考古发现之一。经过整理与拼对之后，这些窖藏的残损造像，成形的有数百尊之多。在中国历史博物馆展出时，海内外报纸争相报道，后来又曾来港展出，一时之间，造成了"青州佛像热"。

青州龙兴寺出土的佛像有其特色，让人在观赏之余，产生无穷的遐思与玄想。眼前一尊尊庄严又慈悲为怀的佛像，是如何在雕工的手中逐渐成形的呢？当雕锥敲击在岩块上，迸出四散的岩粒与火花，石匠是否已经看到了灵魂超越的希望，看到了佛光普照将会凝聚在造像之中？如此精美的佛雕艺术，如此让人心灵净化以至于超升的形象，是出自什么样的创作心灵呢？是否龙兴寺汇聚了当时全国的能工巧匠，进行过一次伟大的艺术创作计划，才留下了如此灿烂的文化遗产？

龙兴寺出土的这批佛像，的确令人心驰神移，但却绝不是唯一的中国佛雕艺术高峰。佛雕艺术的盛行与发展，在时间的延续上，历南北朝隋唐以至于宋元。在地域的涵括上，由西域关陇，经中原到山东，再到江南，可说是无远弗届。此次香港城市大学举办的佛雕艺术展，呈献了常万义先生多年的收藏，就清楚显示了佛雕艺术的时空跨度之大，并且展现了佛雕艺术的多样风格。我们可以看到秀美灵动的神态，也可以看到敦实肃穆的表情，可以看到慈爱安详的关怀，更可看到端庄虔诚的观照。

二

　　常万义先生的藏品，有不少出自北朝青州一带，与龙兴寺出土造像风格相近。

　　研究龙兴寺出土造像的学者都指出，这批佛像的材质大都是青州出产的石灰石，质地细腻，便于雕刻精细的造型。释迦牟尼佛的标准程序化造型虽然是一种规范性的限制，但是青州佛雕却能把握眉眼之间的表情，让人感到我佛慈悲的内心世界。此外，在北齐时期出现了一种袈裟贴身的样式，具体展现了"曹衣出水"风格，制造了飘逸的动感，使得坚硬的石材化作有血有肉的健硕身躯，凝聚着世间的生命能量，通过艺术的升华，带领着人们的灵思向往超越的世界。

　　菩萨与飞天的造型，程序化的限制较少，灵动变化的幅度较大，装饰也多。相对而言，人间性的秀丽优美成了重点，成了艺术创作的主要关注。从精雕细琢的宝冠，造型复杂精美的项圈，到披肩的垂带及布满全身的璎珞，菩萨造像简直就成了高雅优美、仪态万千的贵妇人形象，同时又让人感到端庄大方、凛然不可冒犯。金维诺在描述菩萨造型优美时，特别指出："祥和的颜面，不是简单刻画笑容，而是在宁静含笑中，体现慈祥，体现菩萨心肠，体现形象内心的美。"佛雕艺术成就非凡，即在其能够认识并呈现肉体之健美，而又通过虔诚的信仰，企图超脱肉体，升华到空灵的世界，在不可能调和的认知矛盾之间，在宗教狂迷追求超升与肉体现世经验的冲突之间，找到了艺术发抒的平衡。

这次的展品中，有一尊北魏青州的石佛头像，高19厘米，螺髻高耸，呈波浪形，充满动感。这尊佛像秀丽纤巧，造型柔美，令人惊艳，同时又感到安详平和，萌生出尘之想。佛像经历了1500年的岁月磨蚀，表面黧黑破碖，然而"粗服乱头，不掩国色"，那挺直纤巧的鼻梁、秀美带笑的嘴唇、丰腴却不肥厚的双颊，呈现了柔嫩细腻的脸庞肌理。石像流露的微笑，不但恬静自足，还带有出尘绝世的超脱情怀。若比喻作花，一定是出淤泥而不染的莲花，"濯清涟而不妖。……香远益清，亭亭净植，可远观而不可亵玩焉"。这尊秀美的佛头，亦当如是观。

展品中还有一尊北齐石佛头像，高14厘米，面相丰长厚实，双目微睁，嘴角上翘，显示慈祥关爱之情。这尊佛像所流露的微笑，与前者的意蕴稍有不同，更似慈父关爱儿女的表情，严肃之中有着无穷的宽容。另一尊北齐释迦牟尼坐佛造像，高 51 厘米，风格与此相近，线条清秀明畅，刀法矫健，纹路优雅纯净，是青州石雕的典型作品。再如北齐石佛头像，高 32 厘米，是山东诸城造像。庄严肃穆，天庭饱满，面相浑圆，相貌与青州佛像稍有不同。但谛观其螺发的细密精致、整齐有序，再仔细观察其眉眼线条之优雅有致，面颊造型敦厚而明畅，寓轻盈于庄重之中，仍为青州佛雕艺术一脉。

这种寓轻盈明快于庄重肃穆的青州风格，通过展品中的石佛立像，表露得十分明显。展品中有 5 件北朝时期石雕残躯，其中 3 件为佛身，都以简洁纯净的纹路，刻镂出佛体的健硕与优雅。另 2 件为菩萨立像，肩披垂帛，上身裸露，颈围项圈。其一斜挂璎珞，另一尊则仅佩宽大项圈，饰以优雅的珠翠垂坠。通体而观，这几尊立像的衣纹疏简流畅，在宁静中呈现一种凝聚的生命力，正可配合安详平和的面容，展现佛雕超越人世纷扰的气度。

除了前述北齐释迦牟尼坐佛造像之外，北齐半跏思惟像

（高 65 厘米）、北朝浮雕菩萨造像（高 53 厘米、宽 48 厘米）、北魏嘉莲翔龙式背屏造像碑（高约 70 厘米）、东魏造像碑残存右胁侍菩萨（高约 80 厘米）及北朝石佛造像背光飞天残片（高 42 厘米、宽 67 厘米），都是呈现青州风格的精品。前 3 件比较完整，与一般研究龙兴寺出土造像所述相符，尤其是那件嘉莲翔龙式背屏造像碑，雕工精细，神态宛然。翔龙口吐嘉莲，化为菩萨所立的莲台，纹路清晰活泼，富有动感。最值得注意的是，莲叶翻转的态势与佛像袈裟下摆的飘动，配合碑顶飞天裙裾飘飘，形成了灵动的雕凿群像，宛似天外涌来一阵微风，催动了上界天女，齐来聆听我佛说法，在这片石灰岩的碑体上显现了庄严的宝相，感动了诸天，为之雨花。

后 2 件虽是残片，然而艺术造诣却高，不可等闲视之。东魏造像碑残存右胁侍菩萨的面貌，与前述高 19 厘米的佛头造型相似，洋溢在眉眼嘴角之间的微笑，有一种神妙莫测的超越性，带人进入心灵超升的境界。曾有学者指出，佛与菩萨的微笑是圆觉净境的诚挚与安详的表现，与达·芬奇所绘的《蒙娜丽莎的微笑》有异曲同工之处，都是人类智慧对高贵表情的体会。青州风格的微笑，尤其如此。

三

　　展出的北朝造像，也有许多不是山东地区的，就显示了同时代不同地域的风格差异。如山西北魏石佛头像，高33厘米，方头大耳，宽颊腴颔，庄严慈祥。散发出来的艺术感染气氛，是庄重而非灵动，是沉稳而非优雅。或许这种沉稳庄重的佛像风格，更能反映信众与佛陀的关系，反映虔诚教徒的信仰对象是如此稳若磐石，可以将身家性命完全托付。另一山西出土的唐代佛头，高58厘米，双目低垂，神态更为沉稳内敛。嘴角的微笑也若隐若现，好像不必再经过情感的沟通来引导超升，因为世人已完全拜服了佛陀的权威，只要虔诚膜拜，自然就能借助如来神力而圆满涅槃。

　　展出的北周菩萨立像，高111厘米，是陕西地区的石窟造像，也显示了这种沉稳庄重的佛雕主流风格。菩萨头戴的莲冠与围于肩背的长巾，都显得朴素平实。璎珞从左肩垂下，搭在左臂上，雕工简洁却不精细，似乎反映出北周工匠不拘小节的创作心态，不知是否也隐约透露了后来北周灭佛之征兆。

由藏品中多尊隋代菩萨立像及头像可以看出，隋代的佛雕有明显的装饰性，高冠宝瓶，纹饰华丽。项圈、璎珞与珠链的雕琢，有繁复工整的倾向。有趣的是菩萨的面庞，都与佛陀近似，一个个方头大耳、宽颐厚项，沉稳有余，灵巧不足。质言之，就是隋代的雕像有些板滞，线条的流动感少了一些。

隋代的菩萨造像四平八稳，或许反映了时代精神，反映了三四百年的战乱终归一统，反映了南北朝天下分崩离析的局面终于结束，河清海晏，四海升平，政治秩序渗透到心理秩序，再影响到艺术创作的四平八稳秩序。然而，天下初定，由无序到有序的心理转换酝酿过程不足，着意呈现心理秩序的平稳安定，佛教造像的艺术表现也就难免有点僵硬，灵动不起来。

唐代的造像就出现了很大的变化，特别是到了盛唐时期，气象宏大，在厚实沉稳之中流露了无限的洒脱，对肉体肌理的呈现也十分注意。只要对比西安附近出土的唐菩萨立像与渭南一带出土的隋代立像，立时就可分辨其风格与精神内蕴的巨大差异。唐像高 64 厘米，体态丰腴，与隋像的身材大体类似，但隋像挺直站立，四平八稳，不显腰身，与唐像显示的腰身款摆、婀娜作态，实在大异其趣。这尊唐像不但袅娜多姿，其佩饰的安排也极为讲究，华丽绚烂不说，与三曲款摆的腰身搭配，回旋呼应，令人叫绝。

这尊风姿窈窕的唐像，立于八角形石座上，石座背面有铭文"大唐天宝五年二月十日"，不禁使人缅想天宝盛世，西域早已传来龟兹乐舞身段，影响所及，连雕造菩萨的身体，都像敦煌壁画上的歌舞乐伎，表现出 S 形的三曲舞姿。若是联想翩跹，就会浮现唐明皇钟爱的霓裳羽衣舞，"骊宫高处入青云，仙乐风飘处处闻。缓歌慢舞凝丝竹，尽日君王看不足"。菩萨的风采，与人世间的征歌选舞相融；圆觉涅槃的宝相，与舞伎的袅娜妖娆相配，若合符节。雕造让人顶礼膜拜的菩萨，却显示了菩萨的绝代风华，扭动裸露出肚脐的纤腰，款摆臀部，颇似今日流行的肚皮舞，倒是有趣的盛唐气象。

唐代的菩萨造像脸庞丰润，呈满月形，甚至明显突出双下巴的富态特征，反映了当时审美的倾向。《开元天宝遗事》记杨贵妃："贵妃素有肉体，至夏苦热，常有肺渴。每日含一玉鱼儿于口中，盖借其凉津沃肺也。"杨贵妃不单是胖，到了夏天还胖得发喘，要在口中含一条玉鱼，使得腮帮子鼓胀起来。试观陕西渭南出土的唐菩萨头像，高28厘米，面庞丰满，双下巴显著，而且两腮微鼓，即使口中不含玉鱼，已经让人感到十分"有肉体"了。菩萨肉体丰满，由前述的天宝五年立像及展出的两尊菩萨坐像亦可看出，不但曲线玲珑、风姿绰约，而且丰乳肥臀，展现了肉感的诱惑。这与欧洲中古时期基督教石刻的圣徒造像，因禁欲而形容枯槁的形象，呈鲜明的对比；与圣母造像的丰满慈爱、手抱圣婴的母亲形象，也大不相同。

这两尊唐雕坐像姿态端庄，但也同时显示了雕工刻意表现菩萨体态丰满的兴趣。最明显的证据即是呈现脸庞丰润，不但突出了双下巴，还清楚镂雕脖颈上的三道肉褶。从坐像的背面来看，更可看到蜂腰肥臀、曲线玲珑，表现了唐代风俗对美女胴体的爱好倾向。特别值得注意的是，雕像静中有动，庄严之中又有无限妩媚，丰腴却不迟钝。半跏趺坐之姿，沉稳肃穆，使人油生景仰之感，同时又有灵动轻盈的势态，好像菩萨随时可以冉冉飞升，凌空步虚，在天界普降度世的甘霖。唐代菩萨这种兼有娉婷婀娜与庄严肃穆的特质，在艺术表现上是难能可贵的，特别是在审美特性相互矛盾的两极之间，保持了艺术敏感的高度平衡，更是令人惊叹不已，为之心折。

四

此次展览不仅限于北朝与隋唐的佛雕，还有辽代与宋代的佛雕，以及常万义先生的墓志铭收藏。这些文物都从不同角度反映了中国石雕艺术的成就，弥补了研究历史文化时文献缺失的遗憾。

由于得识常先生，而有这次展览的规划，并且得以联系金维诺、韦陀、常青、赵超、汪涛诸先生，为本书撰写专章，成就了这一段可资纪念的因缘。我佛慈恩，菩萨护持，诸天雨花，众生欢喜。

阿弥陀佛。

第四辑

皇帝称号无奇不有

"始皇"冀传万世

中国的皇帝称号始自秦始皇帝，一开始还简简单单，本来只用数字表次序，就是秦始皇说的："朕为始皇帝，后世以计数，二世三世至于万世，传之无穷。"谁想秦二世胡亥不争气，传了两代就亡了。

改朝换代之后，渐渐麻烦起来。汉高祖刘邦也不知道心里想什么，不曾像秦始皇那样用数字来规定帝号，增加了后世记诵的麻烦。他死了有人尊之为太祖高皇帝，意思是开国的祖宗也就罢了，但是后来跟着的居然不叫二世祖、三世祖、四五六七八……，而是孝惠皇帝、太宗孝文皇帝、孝景皇帝、世宗孝武皇帝、孝昭皇帝……

谥法即身后定性

按照谥法，每个称号都意义重大，有定性的作用。刘邦死后，朝廷大臣是这么说的："帝起细微，拨乱世，反之正，平定天下，为汉太祖。功最高。"因此，"上尊号曰高皇帝"。《西汉会要》还明确解释"高"这个谥号："谥法无高。以功高，特起名。"开国皇帝，打了江山坐江山，功还能不高吗？所以，称为汉高祖。

汉惠帝的"惠"，"柔质慈民曰惠"，说的是这个皇帝性格不坚强，除了知道要慈爱人民，别无贡献，没干过什么高明的事，早早就死了。汉文帝的"文"，"慈惠爱民曰文"，强调的是爱护人民，与民休养生息，但是性格并不柔弱。汉景帝的"景"，"布义行刚曰景"，当然就透露了皇帝是有作为的，勤政爱民，而且政绩卓著。汉武帝的"武"，"威彊叡德曰武"，其中的学问就大了。"彊"就是强，指的是威武刚强；"叡"是聪明、英明、圣明。总之，是说汉武帝英明，雄才大略，武功盖世，不好说的是穷兵黩武。汉昭帝的"昭"，"圣闻周达曰昭"，讲的是皇帝明察秋毫，兼听多闻，能够体察民情。

上古谥法简单朴实

这些谥号虽然花样很多，但基本上是循着周代的谥法。秦始皇自称皇帝，废了周朝的谥法，本来是为了简化皇帝称号的。改朝换代之后的刘氏，则一方面承袭秦朝创始的皇帝之名，另一方面又不能忘情于上古的谥法，因此兼而有之，制造了我们今天看来实无必要的复杂性。不过，汉朝人还算老实质朴，只不过依着古谥法来定称号，还未大张旗鼓、花样翻新。若是看看唐代史乘，就会令人大开眼界，叹服后代推陈出新的本领了。

慈禧专号19字

唐朝开国皇帝是李渊，死后谥号是"大武皇帝"，庙号高祖。到了后来，追尊为"高祖神尧皇帝"，唐明皇的时候，加尊为"高祖神尧大圣皇帝"，之后又再加尊"高祖神尧大圣大光孝皇帝"，藻饰文采，啰唆得很。有人说慈禧太后的尊号"慈禧端佑康颐昭豫庄诚寿恭钦献崇熙皇太后"，长19字，冗长得不可思议，其实就滥觞于此。

唐明皇的尊号

中国皇帝的称号十分麻烦，有庙号，有谥号，还有冠以年号的俗称。在唐朝以前还好，谥号还简单，不过是追尊的溢美之词，让后人听着受用。毕竟是自己的祖宗，至少为亲者讳，挑个好听的字眼，装点皇帝世系的门面。

唐朝以后谥号开始啰唆了，门面的装点不仅叠床架屋，而且堆砌得令人瞠目结舌。

热衷追封

唐太宗李世民做皇帝时，年号贞观，死后谥为文皇帝，庙号太宗。本来是很简单的事，称作太宗文皇帝就行了。可是，他的后代偏偏不肯罢休，还要继续追加尊号。先是他的儿子唐高宗李治，在咸亨五年（674年）追尊"太宗文武圣皇帝"，又文又武又圣，该算极致了吧？还不行。他的曾孙唐玄宗李隆基，在天宝八年（749年）加尊"太宗文武大圣皇帝"。变成了"大圣"，还嫌不够，在天宝十三年（754年），也就是安禄山造反，"渔阳鼙鼓动地来"的前一年，再加尊"太宗文武大圣大广孝皇帝"，又加上"大广孝"3个崇高尊荣的字。

这个唐玄宗李隆基不止给他的曾祖父加尊号，也给高祖父李渊、祖父李治、伯父李显（唐中宗）、父亲李旦（唐睿宗），一律加封进号。在他的主导下，李渊先是"高祖神尧大圣皇帝"，后成为"高祖神尧大圣大光孝皇帝"；李治先是"高宗天皇大圣皇帝"，后成为"高宗天皇大圣大宏孝皇帝"；李显先是"中宗孝和大圣皇帝"，后成为"中宗孝和大圣大昭孝皇帝"；李旦先是"睿宗元真大圣皇帝"，后成为"睿宗元真大圣大兴孝皇帝"。

配套运作模式

唐玄宗为什么亟亟给祖宗上尊号？而且，不惮其烦地，一再加上各种英明、伟大、光荣、正确的字眼？

这就得看看唐玄宗是怎么做皇帝的。他28岁做皇帝，扫除了武韦乱后的余绪，安定了政局，自我感觉良好。当上皇帝第二年，就有了尊号"开元神武皇帝"，之后"开元"也成了他的年号。后来又不断自加尊号，先是"开元圣文神武皇帝"，其后是"开元天宝圣文神武皇帝"，再来是"开元天宝圣文神武应道皇帝"，再变成"开元天地大宝圣文神武应道皇帝"，最后在天宝十二年再加尊号"开元天地大宝圣文神武孝德证道皇帝"。看起来，这个皇帝愈做愈英明、愈伟大，尊号也愈加崇高。自己还没死，就加了这么多称号，那么，父亲、祖父、曾祖、高祖怎么能不继续加尊，以配套运作、一贯作业呢？

唐玄宗的尊号日益光荣、正确、伟大之时，也就是他专宠杨贵妃，国事日非之际。最后爆发了安禄山之乱，大唐帝国几乎崩溃。他死的时候，早已丧失了皇帝宝位，上述的尊号尽失，谥号是"至道大圣大明孝皇帝"，庙号玄宗，也就是我们熟知的唐明皇。

唐寅的两首"歌"

《红楼梦》中《葬花吟》有句："一年三百六十日，风刀霜剑严相逼。"是林黛玉自况生命的艰辛，而诉说生命艰辛背后的更大忧虑，则是人生短暂，如花开花落，"花开易见落难寻"。人死与花落一样，消失了，没有了。这就逼迫活着的人去想：活着是为什么？假如生命只是花开花落一般的自然循环，多一个我和少一个我有什么不同？活着有什么意义？

春宵千金　及时行乐

唐伯虎有一首七言古诗《一年歌》，开头叙述的就是《葬花吟》的词意："一年三百六十日，春夏秋冬各九十。冬寒夏热最难当，寒则如刀热如炙。"不过，唐伯虎所见的人生不是悲观到底，一年之中除了严寒与酷暑，他还看见春秋两季的温和。虽然温和时节风雨多，但偶尔还是有良辰、有美景。那么，怎么面对人生呢？唐伯虎的方法有点粗俗，是今朝有酒今朝醉："美景良辰倘遭遇，又有赏心并乐事；不烧高烛对芳樽，也是虚生在人世。古人有言亦达哉，劝人秉烛夜游来。春宵一刻千金价，我道千金买不回。"

唐伯虎要说的是，一年之中可以享乐的好日子本来就不多，要是再不及时行乐，那就辜负了大好青春、良辰美景了。

一年三百六十天，好日子不多，得抓紧良辰美景，快快乐乐地过。一生的好日子也不多，更得趁着青春岁月好好生活。宋朝王观有一首《红芍药》："人生百岁，七十稀少。更除十年孩童小，又十年昏老，都来五十载，一半被睡魔分了。那二十五载之中，宁无些个烦恼。"也就是说，人生百岁，真正明白的日子不多，而其中又充满了烦恼。剩下可以好好生活的日子有几天呢？该怎么活呢？

唐伯虎有首《一世歌》，是这么说的："人生七十古来少，前除幼年后除老；中间光景不多时，又有炎霜与烦恼。花前月下得高歌，急须满把金樽倒。世人钱多赚不尽，朝里官多做不了；官大钱多心转忧，落得自家头白早。春夏秋冬捻指间，钟送黄昏鸡报晓。请君细点眼前人，一年一度埋芳草；草里高低多少坟，一年一半无人扫。"

得意尽欢　忘记生命

时间不饶人，人生到头终有尽，怎么办呢？唐伯虎也没有什么高招，只好向李白学样："人生得意须尽欢，莫使金樽空对月。"至于仕途得意、飞黄腾达，或是赚钱豪富、金银满箱，到头来只是一场空。这意思在《红楼梦》第一回跛道人唱的《好了歌》里，又得到发挥："世人都晓神仙好，惟有功名忘不了！古今将相在何方？荒冢一堆草没了。世人都晓神仙好，只有金银忘不了！终朝只恨聚无多，及到多时眼闭了。"

若是忘不了生命本身呢？唐伯虎和古往今来的诗人一样，也想不出什么好办法，只好说："花前月下得高歌，急须满把金樽倒。"

好像也不怎么潇洒。

唐伯虎的落花诗

　　《红楼梦》中的《葬花吟》是大家耳熟能详的文字，诗末所云："侬今葬花人笑痴，他年葬侬知是谁？试看春残花渐落，便是红颜老死时。一朝春尽红颜老，花落人亡两不知！"评论者一般都以为这就是林黛玉自作的诗谶，曹雪芹原作的构局写到黛玉之死，可能就有春残花尽的情景衬托。

传统伤春主题

　　且不管曹雪芹原作的布局写到黛玉之死，是否正是春残花落时节，《葬花吟》中反复吟咏的"春残花落"是中国文学传统中的"伤春"主题。看到花落就想到生命的璀璨与凋

· 283 ·

零，以花落作为生命周期尽头的象征，是古代诗人不断使用的象征手法。

比曹雪芹早两个半世纪的唐伯虎，因受考场案牵连，落拓江湖，筑室桃花庵，诗酒放浪，写过不少以落花为主题的诗篇。《桃花庵歌》有句："半醒半醉日复日，花落花开年复年。但愿老死花酒间，不愿鞠躬车马前。"其中有一种傲气兼怨气的不平之气，说的是有志难伸、有才不用，而花开花落，一年又一年地老去，时间的巨镰一层又一层削去了生命的光华。

消极应对年华老去

《桃花庵歌》环绕着落花做文章，主题却是难以面对时间对生命的凋残。唐伯虎对人世蹉跎、年华老去，没有积极的方法去应对，只好消极抵抗："酒醒只在花前坐，酒醉还来花下眠。"醉生梦死，但至少与花为伍、与酒知交，"牡丹花下死，做鬼也风流"。

此诗的结尾说："别人笑我忒风颠（一作骚），我笑他人看不穿。不见五陵豪杰墓，无花无酒锄作田。"让人想到的是《古诗十九首》中对生命消逝的无奈心境，如《驱车上东门》所说的："浩浩阴阳移，年命如朝露。人生忽如寄，寿无金石固。万岁更相送，贤圣莫能度。服食求神仙，多为药所误。"人生短暂，到头来难免一死，管你是圣贤也好，是乡愚也好，都逃不过时间的推移。怎么办呢？人生的意义何在呢？活着干什么呢？《驱车上东门》一诗的结句，就是消极抵抗，看透了："不如饮美酒，被服纨与素。"快快乐乐过一世吧，饮酒作乐，好吃好穿。到了该走的那一天，借用英国首相丘吉尔的名言，就是"酒铺关门我就走"。多么潇洒，多么风流倜傥。

及时行乐暂忘忧

"他人看不穿"，诗人真的就看穿了吗？当然没有。《古诗十九首》的《生年不满百》说得很清楚："生年不满百，常怀千岁忧。昼短苦夜长，何不秉烛游！为乐当及时，何能待来兹。愚者爱惜费，但为后世嗤。"及时行乐是没有办法中的办法，忧还是忧。

　　林黛玉眼中的世界是永远流着泪的，忧多乐少，与唐伯虎的强颜欢笑不同。她看到的时间推移是："一年三百六十日，风刀霜剑严相逼。明媚鲜妍能几时，一朝飘泊难寻觅。"这是悲观世界的人生投影，拒绝醉生梦死的落拓风流。没有看穿，也看不穿。

隐元和尚赴日

隐元隆琦（1592—1673 年）在中日文化交流史上，有着重要地位。他在 1654 年由福建渡海赴日，先抵长崎，后到京都，在京都南边的宇治地方创建黄檗山万福寺，开创了日本的黄檗宗，对日本近 300 年来的宗教、文化及艺术产生了极大的影响。

动机充满戏剧性

隐元东渡一事，常被日本学者比之于唐代鉴真和尚东渡的翻版，甚至视为再一次的"祖师西来"，是佛教在日本振兴的一件大事。他在 1654 年东渡，虽然航程顺利，没有经历鉴真和尚的传奇性遭遇，没有遭到波涛吞噬、劫后余生的惊心动魄场面，没有六次渡海锲而不舍、艰苦卓绝的考验，却因时代动荡，恰逢明清改朝换代、抗清运动如火如荼之际，因此，隐元东渡也充满了戏剧性，并且引发学者对涉及的史事做出诸多猜测。

隐元赴日是在 1654 年，即清顺治十一年，南明永历八年，日本承应三年。此时清朝已经入主中原 10 年，但南方局面尚未底定，西南有奉永历正朔的南明朝廷，东南沿海则有郑成功的反清复明义师。隐元赴日的航线是由厦门到长崎，全程 15 日，乘的是郑成功的贸易船，即所谓国姓爷船。这就使一些学者疑惑，隐元赴日是否还有传教之外的动机？他是不是郑成功的秘密使节，以广弘佛教为名目，其实是"乞师日本"，去说服日本出兵，帮着郑成功反清复明？

郑成功遗憾未送行

在日本黄檗山万福寺中，存有一大批隐元的来往信札，其中有一封是郑成功写给隐元的，因为是原始资料，足能说明问题。

这封信是隐元启航之时，郑成功无法亲自告别，到第二天才知悉，因此遣人送信致歉。假如隐元赴日真的带有"乞师日本"如此重大的军务秘密，真是作为郑成功的军机代表，郑成功怎会随便让他启航，连个面授机宜的"碰头会"都没有？再者，假如隐元是郑成功的密使，糊里糊涂启航，忘了向主帅报告，岂非玩忽职守？不向主帅请罪已是匪夷所思，怎么反而是倒过来，由郑成功向隐元道歉，说出"法驾荣行，本藩不及面辞。至次早闻知，甚然眷念，愈以失礼为歉"的话来？

盼留福建开悟国人

其实，郑成功在信中已经明明白白说到，隐元赴日的目的是"使宗风广播"，而与军事无关。信中还说到，郑成功十分仰慕隐元的佛法造诣，希望他能留在福建，继续开悟国人。"本藩及各乡绅善念甚殷，不欲大师飞锡他方。"那么，为什么又派船护送隐元赴日呢？"所以拨船护送者，亦以日国顶礼诚深，不忍丧彼想望之情也。"就是因为隐元四度受到日本的诚恳邀请，决定东渡，阐扬佛法于东瀛，郑成功为了成人之美，才派船护送的。

虽然送了隐元，但感到依依不舍，希望将来还有见面的机会。"盈盈带水，神注徒深，屈指归期，竟知何日？"是说，不知何年何日，还能再见否？

哪有这样派密使出行的？

隐元东渡不失信

六十三高龄　决心不变

　　隐元隆琦赴日传布佛法，是明清之际中日文化交流的大事。隐元当时是福建福清黄檗山万福寺的住持，经营万福寺17年，远近闻名。一旦要离开基业，到日本去传法，僧众当然难以接受，苦苦挽留。此时隐元已经63岁，年纪不饶人，是否经得起海上风涛的折磨，让所有人担心不已。何况，隐元的嗣法弟子也嬾性圭在1615年应日本之邀东渡，不幸淹死在大海波涛之中，大家记忆犹新，不想隐元冒险，便想方设法，劝他打消渡海的念头。

　　1654年的上元日，万福寺的僧众及护法居士，都来拜见隐元，劝阻他东渡日本。根据《黄檗隐元禅师年谱》（一卷本）的记载，"（众）诣方丈罗拜不起，痛哭恳留。师亦悯其诚，踌躇久之"。隐元的踌躇是受了大家恳留的诚意而感动，然而，这并不能改变他的决定。

浑厚之道　传布东瀛

隐元是禅门龙象，性格大开大阖，很有些侠气。他离开黄檗山万福寺的情景，十分戏剧化，令僧众有措手不及之感，同时也显示了隐元当机立断、大取大舍的禅门气度。

他在五月初十日上堂辞行，告诉僧众："信不可失，愿不可无，相不可着，心不可昧，言不可不行，道德不可不修，去住不可不当，时节因缘不可不知，授受之际不可不隆重，继述斯道不可不浑厚。全备斯者，为人不愧，涉世无闷。"

言出必行　一辞便去

这段话说得理直气壮，气势磅礴。从修辞的角度来看，如山洪暴发，铺天盖地而来，让僧众无法应对。随后，隐元接着说："兹乃东应，即日启行。聊叙言别，以慰众念。所以三请而来，一辞便去，遵上古之风规，为今时之法则。未有长行而不住，未有长住而不行。其行也，步步无踪迹；其住也，处处绝廉纤。我为法王，去住自在。滴水滴冻，纵横无碍。行既也。"这里展现的禅门大德，顶天立地，唯我独尊，言出必行，说走就走。不但充满了禅家机锋，而且显示了自信与自尊，"虽千万人吾往矣"。

波涛万顷　正脉向东

最后，隐元以诗偈结尾，"拨尽洪波千万顷，拈花正脉向东开"。说完，下了讲座，就离开他经营了17年的万福寺，经莆田、泉州，到厦门，乘船往日本长崎去了。

虽说是出家人无牵无挂，当行即行，当止即止，但是，离开自己的祖国，抛弃亲手创建的基业，冒着汹涌海涛吞噬的危险，到言语不通的异域去传法，毕竟不是一般的决定，要有无比的勇气才行。

隐元子债父还

明末清初的高僧隐元隆琦，于1654年由厦门出海，东渡日本，旅日近20年，振兴了日本的佛教，为中日文化交流留下一段佳话。

隐元东渡日本之时，已经63岁，是福建福清黄檗山万福寺的住持、受四方敬重的一代高僧。他为什么要离开自己的祖国，冒着波涛之险，千里迢迢到日本去？63岁的老人，又是出家人，还有什么放不下，非要远渡重洋，到一个无亲无友、言语也不通的异乡去？

隐元的老师费隐通容（1593—1661年）就有这样的疑问。他在1652年底，即是隐元东渡前1年多，风闻隐元有赴日之想，就写信劝阻，提出了几点看法：

第一，渡海太危险："广漠汪洋，风迅莫测，当以懒也（也嬾）为戒，决不可往。应修书以谢。"

第二，应在国内传法："首座数年来江外名闻甚佳，当守名闻以荫后人。"

第三，师在不远游："老僧尚在世，岂可远域异陬之游乎？故曰：'父母在不远游，游必有方。'此之谓也。"

说到底，就是拿出本师的权威：不准去。

对于费隐通容的指示，隐元先是遵从的，修书辞谢了日本的邀请。但是，日本方面锲而不舍，再三恳请，终于打动了隐元，决心渡海赴日。在《黄檗和尚扶桑语录》中，有篇《上径山本师和尚》，是隐元到达日本之后，给费隐写的信，婉转说明他先是遵从师命，后来因为日本方面"恳请再四，念其诚至，故许之"。

那么，怎么解释不听老师的话，非要远渡重洋，离乡别井，不能侍候本师呢？

先道歉："某生不辰，值斯浊劫纷扰之境，数年被黄檗系累，未获亲侍左右，违逆之咎，无所祷也。冀大人涵之，则愚蒙感戴无疆矣。"告诉老师自己生不逢辰，正遇到明清易代、天下纷扰之时，特别是福建兵事不断，又因黄檗山万福寺事多拘牵，没法亲侍老师，乞请谅宥。这里提出"生不逢时，值斯浊劫纷扰之境"，是有潜台词的，也就是从心底不能接受清朝的统治。因此，"乘桴浮于海"，到海外去当遗民僧，是隐元不能明说、不敢明说，但心中却想的念头。

后说日本的邀请，原来是请自己的弟子也嬾性圭的，结果也嬾淹死了，没达成使命。虽然费隐拿也嬾的遭遇为戒，隐元却以此为赴日的理由："原为也嬾弗果，有负其命，故再请于某，似乎子债父还也。"

这个"子债父还"的说法十分有趣，推敲起来，就涉及师生关系以父子相喻的诀窍了。说到底，就是请老师谅解，你有你的父子关系，我也有我的父子关系。因此，"子债父还"成了隐元赴日的一个说辞。

天心月圆

　　弘一法师临终之前曾写过两首诗偈，其一的结末两句是："华枝春满，天心月圆。"显示大师走完充满戏剧化转折的一生，由绚烂转趋平淡，豪华落尽见真淳，最后体悟的境界，是春暖花开，满世界姹紫嫣红，然后是澄澈的天宇，一轮明月映照古今。

"春江花月"相辉映

　　不知道大师写下诗偈时，心底是否浮现了唐代张若虚的《春江花月夜》？张若虚的诗开头写景，从看到的自然景色变化，想到个人的存在有着自然的观照："春江潮水连海平，海上明月共潮生，滟滟随波千万里，何处春江无月明？"诗人眼前的春江花月夜，是宁谧安详的，虽然充满了律动，却荡漾在一片天籁之中，丝毫没有骚乱。江潮与明月相映，虽然波涛千里，却不似"乱石崩云，惊涛裂岸，卷起千堆雪"那般，让人联想起手执铁绰板的关西大汉。

变幻是永恒

张若虚的江潮与明月，让他思索人生的意义，想到人的生存虽然短暂，却与亘古永恒的天地自然有其类似之处：都在变。只是个人的变易见于生老病死，以死亡为终结；宇宙的变动不居，则生生不息，在变易中见到永恒的循环。然而，扩而广之，人有世世代代的相续，则人类作为一个整体，与自然的关系，就可以相互映照，彼此提供永恒的参照了："江畔何人初见月？江月何年初照人？人生代代无穷已，江月年年只相似。不知江月待何人，但见长江送流水。"

闻一多在《宫体诗的自赎》一文中，对张若虚此诗赞叹不已，佩服得五体投地："更夐绝的宇宙意识！一个更深沉、更寥廓、更宁静的境界！"他认为这首诗是"诗中的诗，顶峰上的顶峰"，"张若虚这态度不亢不卑，冲融和易才是最纯正的"。

墨宝见证圆融心境

我虽然不知弘一法师是否想到张若虚的诗，却可以引用闻一多的赞叹，作为对大师的礼赞。大师不但是一代高僧，也是以人生为画布、以生命为画笔的艺术家。

到了生命终结之时，回顾自己的一生经历，就像画完了一幅长长的图卷，轻轻放下画笔，感到"华枝春满，天心月圆"，一切都圆满完结了。弘一法师的最后绝笔，是"悲欣交集"4个字，可谓圆寂。

不久前我造访台北历史博物馆，恰巧碰上纪念弘一法师的展览，由相熟的前辈书画家郑善禧题了"天心月圆"，工工整整，悬在展览的入口。那个"圆"字虽工整，却写得特别，是画了十分匀称潇洒的圆圈，好像从中可以体会大师不亢不卑的圆融心境。

展出的大师作品不算多，但十分精美，特别是大师抄写的《华严经普贤行愿品赞册》，每个字有鹅蛋大小，全册约有 10 米长，真是猗欤壮观。字体与常见的弘一书法不同，是《龙门二十品》一脉的魏碑字体，结体紧凑，遒劲隽秀，厚拙之中带几分妩媚，不张扬，也不故作矜持。不亢不卑，是平常心。

我观之再三，欲赞无言，只想着，天心月圆，天心月圆。

无量大人胡同

梅兰芳曾居于此

北京过去有条无量大人胡同，在东城，后来改名为红星胡同了。现在知道这条胡同的人不多，在 20 世纪 20 年代却赫赫有名。无量大人胡同五号，不但冠盖云集，还是当时中外文化交流聚焦之处。这里曾是梅兰芳居住的宅院。

今天的北京有个梅兰芳纪念馆，在西城护国寺街，不大不小，是个典型的北京四合院。这是梅兰芳晚年回到北京之后的居所，排场与气势就远不如无量大人胡同五号了。许多年前我曾去造访，可是大门紧闭，除了有块招牌让人知道是纪念馆，没有任何开放时间的信息。只好问左邻右舍，都说不知道，还有人说好像从来没有开放过。在紧锁的大门外徘徊流连了一阵子，怏怏而去。后来到西便门的一座普通高楼公寓中，见到了梅兰芳的哲嗣梅绍武先生，相谈甚欢，也算是踏进了梅家的门槛，稍慰我仰慕之情。

蕴藏文化内涵

我不知道无量大人胡同五号的现况如何，是在城市建设过程中拆除改建成了摩天高楼，还是拨给政要"为人类做出更大贡献"了？假如当年的厅堂楼阁与长廊假山犹在，此处应该是更恰当的梅氏纪念馆所在地，不仅是因为深宅大院的景色优美幽静，更因为此地蕴藏着无数的文化记忆。

近来读到一本 1929 年上海商务印书馆出版的英文书《梅兰芳》，其中记瑞典王储古斯塔夫和夫人到梅宅访问的情况，十分有趣，兹译于下：

"1926 年 10 月的一个晚上，梅家花园的长廊张灯结彩，道旁放满了鲜艳的菊花。晚上十时，上演了《玉簪记·琴挑》与《霸王别姬》，外务部准备了英文戏单。"

"梅先生上妆的时候，贵宾在客厅中欣赏古董陈列。王储与王妃特别喜欢一方田黄石章，重约两盎司（57克）。他们已经花了好几天时间，想要找一方这样的印章，却无所获。当梅氏回到客厅，发现贵宾陶醉于珍物，他便双手捧着石章，以东方特有的礼貌，献给了贵客。王妃连声道谢，并向他保证，回国之后一定会小心珍藏，并世代相传，作为主人款待的永久纪念。"

平等气度　洋人折服

书中记了无数此类盛会，都在无量大人胡同五号发生，还有相片为证。

相片中所展现的梅家，真是亭台楼阁，回廊环绕，花木扶疏，古雅大气。一张张相片显示出，那些来访的外国贵宾没有趾高气扬的骄态，一个个端然肃穆，围着梅兰芳，如众星拱月，甚至带着点"与有荣焉"的神态，和一般老照片中透露出的白种人优越感大不相同。相片取景的中心焦点总是梅兰芳，或坐或站，都是一袭长衫，有时外罩马褂，雍容高贵，又有一种不卑不亢的祥和平等气度。古人说"腹有诗书气自华"，梅兰芳最令人（包括洋人）折服之处，大概就是他虚怀若谷的大人大量，在北京东城的胡同里，让人见识了"无量大人"。

司徒雷登与梅兰芳

香港城市大学图书馆近年锐意扩充收藏，造福学子良多。最近不知从哪里买了一本 1929 年上海商务印书馆出的英文版《梅兰芳》，是一本崭新的旧书，而且是初印本。我从架上取来，摩挲欣赏了一阵，发现从来没人借过，便办了借阅手续，带回家中仔细翻阅。

前言称赞梅氏绝艺

这本书的前言是司徒雷登写的。没错，就是那位 20 年后被毛泽东批评了一大顿，并挥手向他"拜拜"的那位美国驻华大使。不过，在 1929 年，司徒雷登先生还未涉足政治，没有陷入中美外交的泥淖，是燕京大学的校长，只展现了他热爱中国文化的一面。

他在此书的前言中说："假如不熟悉中国的读者，觉得书中对梅先生的赞誉，似乎沾染了东方式的夸张，我可以在此保证，作者的评价与高度赞扬，其实是真实反映了中国各阶层人民对这位天才艺人的普遍态度。不仅如此，连外国人都为他倾倒，虽然无法辨析他迷人的缘故。这本书的优点是，让我们更能欣赏一位表演艺人的精致而优雅的绝艺，让我们能够理解他的魅力为什么使人陶醉，即使我们不能体会中国观众叫绝的奥妙精微之处。"

魅力有如魔法

司徒雷登说到梅兰芳的"魅力"，用的词是 witchery。他的意思当然不是巫术，而是比较老派的"魅诱"之意，可以与 magic（魔法）的延伸意义相应，有点像华兹华斯（William Wordsworth）写诗的遣词用字。

他还盛赞梅兰芳的人品和风范，说"梅氏是一位具有吸引力的、有绅士教养的年轻人"。要是司徒雷登用中文来说，我想他笔下出现的字句，大概是"风华正茂，温文儒雅"吧。他还说梅氏品格高尚，虽然誉满天下，却依然平易近人，而且是"天真烂漫的"（naively responsive）平易近人。

司徒雷登前言的结语，举了两点梅氏被人津津乐道的美德：一是技艺不藏私，乐于传授演艺心得；二是金钱上大方，乐善好施，特别是对梨园同行有所照顾。

梅赴美前接两电报

司徒雷登为英文版《梅兰芳》撰写前言的时机，颇有些奥妙。因为这时正是梅兰芳筹备了六七年，准备到美国去演出的时候。梅剧团赴美演出，此时已经紧锣密鼓，万事俱备了。这本书的出版，显然是配合访美的时机，让美国人有点基本的资料可参考。

我不知道司徒雷登有没有直接参与梅剧团赴美的安排，但从《许姬传艺坛漫录》中可知，梅剧团在 1929 年冬赴美出发前一个星期，司徒雷登的秘书傅泾波从美国先后拍来两个电报。第一个电报是告诉梅兰芳，美国发生了经济大恐慌："此间发生经济危机，请缓来。"第二个电报是："如来要多带钱。"显然可见，司徒雷登对梅兰芳访美巡回演出，既是关心又是担心。梅兰芳在经济大恐慌时期，在美演出成功，场场客满，载誉归国，是个异数，司徒雷登一定为之畅怀。

许姬传的妙笔

许姬传是梅兰芳的秘书，也就是梅兰芳著作的主要撰述人。读过《舞台生活四十年》的人都知道，这书虽然是梅兰芳表演生涯的自传，但叙述的方法却是梅本人口述，许记述谈话内容，还穿插了描述谈话背景的文字，读来像现场录音，使人有身历其境，听到梅兰芳娓娓而谈之感。

芳容活泼跃纸上

许姬传的文笔十分生动，让我们清楚感受到了梅兰芳的音容笑貌，如沐春风。我常想，这固然是梅先生真实性格之可亲可爱，但许先生的生花妙笔，在平淡之中有一种温文笃实的风范，也是梅先生可以活泼自然地跃于纸上的原因。

10 年前买到一本《许姬传艺坛漫录》，读得兴味盎然，觉得此书应该与《舞台生活四十年》并起来读，则不但可以从一个侧面了解梅兰芳，也可以了解许姬传撰述梅兰芳口述自传的经过。只读《舞台生活四十年》，会以为许姬传是用最简洁的文字，以素描或速写的方法，把梅兰芳口述的生涯经历记录下来。就像一个采访记者，把听到的谈话，忠实照录了一遍。其实，根本不是那么回事。且看他在《许姬传艺坛漫录》中的自我告白：

> 梅先生在《舞台生活四十年》第一集里细致地介绍了他塑造杜丽娘性格的体会。这一节书的文字是我的弟弟许源来和梅先生反复推敲后，由梅先生做出身段，源来作了原始记录，然后不断修改，做到浅显易懂、言简意赅、眉目清楚。由此，我们取得了用文字记录身段部位，分析人物性格的初步经验。

原来是这么复杂，不但有素材加工，还有梅兰芳的且说且舞、反复推敲，最后还以简驭繁、化繁为简，经过了多重的工序。

白描见真功夫

　　最让人感动的是为"化繁为简"所做的努力。梅兰芳为了说清楚自己的艺术体会，不但口述，还得现身说法，向记述者表演展示，一丝不苟。记述者详录之时，与表演者反复推敲不说，还掺进了最后定稿人许姬传的不断修改。由此也让我推想，这口述过程绝不只是3个人参与，最有可能的是，环绕在梅兰芳身边的一批"梅党"，都参与了"撰述"的过程，集思广益，最后由许姬传写定。

　　因此，许姬传的文笔还真不简单。表面上看来是白描，是以最平实的笔调记述谈话内容，像报社发的新闻。但实际上，在平淡的文字之后，却蕴藏着深厚的内容，是千锤百炼，去芜存菁，最后提炼出来的精华。早已没有了火气，也没有耀眼的光华，只有平平白白的文字。然而，是豪华落尽见真淳的文字，像一块琢磨得温润柔和的和田玉，再也不含杂质，也不光辉耀目。

　　读起来如沐春风，因为天气是温柔的，阳光是和煦的。